現代詩文庫 特集版3 Gendaishi Bunko special edition

モダニズム詩集 I Poems of《Modernism》

鶴岡善久 編 Tsuruoka Yoshihisa

思潮社

モダニズム詩集Ⅰ

「詩と詩論」「文学」

思潮社

収録作品

モダニズム詩集Ⅰ

西脇順三郎

序文

Cerebrum ad acerram recidit. 現実の世界は脳髄にすぎない。この脳髄を破ることは超現実芸術の目的である。崇高なる芸術の形態はすべて超現実主義である。故に崇高なる詩も亦超現実詩である。詩は脳髄の中に一つの真空なる砂漠を構成してその中へ現実の経験に属するすべてのサンサシヨン、サンチマン、イデ等をたゝき落すことによりて脳髄を純粋にせしむるところの一つの方法である。こゝに純粋詩がある。脳髄はウルトラ桃色のガラスの如きものになる。詩はまた脳髄を斯くの如く破壊する。破壊されたる脳髄は一つの破壊されたる香水タンクの如く非常に馥郁たるものである。こゝに香水商館的名誉がある。吾々はも早やホコリツポイ葡萄をそのまゝ動物の如く食はない然しそれをツブしてその汁をのむものである。故に詩の成立価値はシアンパン酒としての価値に他ならない。また詩は脳髄を燃焼せしむるものである。こゝに火花として又は火力としての詩がある。吾々は現実の世界を燃料としてゐるのみであつて自然人の如く燃料それ自身を享楽するものでない。吾々はこの燃料たる現実の世界をもやしてその中から光明及熱のみを吸収せんとするものである。純粋にして温かき馥郁たる火夫よ！

ダヴィッドの職分及彼の宝石はアドニスと莢豆との間を通り無限の消滅に急ぐ。故に一般に東方より来りし博士達に倚りかゝりて如何に滑かなる没食子が戯れるかを見よ！

集合的な意味に於て非常に殆んど紫なるさうして非常に正当なる延期！　ヴエラスケスと猟鳥とその他すべてのもの。

魚狗（カハセミ）のさへづる有効なる時期に遙に向ふにアクロポリスを眺めつゝ幼少の足を延ばして其の爪を新鮮にせしは一個の胡桃の中でなく然し一個の漂布者の頭の上である。

間断なく祝福せよ楓の樹にのぼらんとする水牛を！

口蓋をたゝきて我を呼ぶ者あれば我はひそかに去らんとす。けれども又しも口中へ金貨を投ずるものあり。我はどならんとすれども我の声はあまりにアンヂエリコの訪れにすぎないのである。跪きたれども永久は余りにかまびすし。

彩りたる破風よりクルブシを出す者あれば呼びて彼の名称を問ふ。彼は矢張シシリイの料理人であつた。堤防を下らんとせし時我が項を吹くものあり。そは我が従僕なりき。汝すみやかに家に帰りて汝の妻を愛せよ！

何者か藤棚の下を通るものあり。そこは通路でないのである。

或は窓掛の後ろより掌をかざすものあれども睡眠は薔薇色にして蔓の如きものに過ぎないのである。

我は我の首飾りをかけ慌しくパイプに火をつけ麦の祭礼に走る。

なぜなれば厳かに水の上に頤を出す。訶梨勒と髷を隠す。

筒の如き家の内面に撫子花をもちたる男！

ランプの笠に関して演説するでない然し使節に関して記述せんとするものである。窓に倚りかゝり音楽として休息する萎縮病者の足をアラセイトウとしてひつぱるのである

繁殖の神よ！　夢遊病者の前に断崖をつくりたまへよ！

桃色の永遠に咽せびて魚をつらんとす。ベンボウは女の如きものゝ様にさゝやけばゴンドラは滑りぬ。

忽然たるアカシアの花よ！　我はオドコロンを飲みたり然しさらば！

善良にして継続性を有する金曜日に水管パイプを捧げて眺望の方へ向かんとする時橋の上より呼ぶものあれば非常に急ぎて足を全部アムブロジヤの上にもち上げる。すべては頤である。故に吾人は頤の如く完全にならんとするものなり。安息する暇もなく唯微笑する額をビロウドの中に包む。

コズメチツクは解けて眼に入りたれば直ちに僕（シモベ）を呼びたり。

脳髄は塔よりチキンカツレツに向つて永遠に戦慄す。

やがて又我が頭部を杏子をもつてたゝくものあり。花瓶の表面にうつるものあり。それは夕餐より帰りしピートロの踵なり。我これを憐みをもつてみんとすれどもあまりにアマラントである。
来たらんか。

——馥郁タル火夫　原形

トリトンの噴水　（アポロンと語る）

言語はガラスとなりてセラフイムの如く廻転して
ねむらずにソレントウの半島を抱いて走りて
透明のアナナスの果実は微風の眼瞼の中で
廻転して牛頭の保護者のピーポに蜜糠の光り
のプラタノスの樹木にて足の裏と黄色いガラス
とアフロディテの骨を彫る睡眠にめざめて
水と無花果とアプリとを水と火にて考へて
噴水の中に捧げて汝に与へたるものよりも
多くを我に与へて水銀の草の上に沈むとき
十七の少年はもはや我が希望でなくそんな
ものは ZEUS の神のみが好むものである
無限なる石炭の水を頭髪とクネンボの上に
入れて女の戸口につりさげ戸口のあく音は
六重の音となり水に混じて沈むとき次に沈む
までまた鏡をアフロディテに献じて我を写す
ためでなく去つた我を見るためでもなくないとき
石炭のコップを空気の中で曲げて唇を紅色の
蘆の管を越へて去る葡萄と兎を殺して葡萄
の上にころがる兎の球根の尾であるときに
すべて借りることは霊魂を喜ばする自分の
ものを用ゐることはすべての美の沈みである
水夫よ汝等は何処にて死ぬることも心配するな
地獄へは間断なく美しき微風が吹いてゐる
ヘラクラモンの女を与へよ僧正の情婦を与へよ
バビロンの耳はすべての耳よりは褐色である
とき柔き寝室の永遠の記憶は海の上に滴る
ビザンチン羅馬の娼婦はキユムバロン楽器の如く
ユスティニアンの像は馬の如く行くとき然ら

ずば汝の頭を七絃琴でなぐるのであるよ
すべては光りと水と指であるけれども我が
声はまだ身体にあつて震へる眼の如くである
けれども我が老衰を狼等に知らするは罪悪で
ある透明なる狼は花の如く響くのであるとき
オーヘラ外国人よ我が土から出来てゐること
を透明な人間等に告げるな泣け泡を吹く神よ
我が頭より数万のラムポスを出して石像を
くらくするとき永遠に急ぐ神はロクロの如く
廻はりて魚の如くねむりて燕は女の上に
滴り穀物の光りは穀物の上にすべりて行く
鮮明に語るときは汝等を泣かすことは簡単である
汝等の笑ひを起さすことも簡単であるそんな
ことは水銀の神がする仕事にすぎない水銀よ
あまりに生殖にいそぎてケツを蘆のさゝやき
の中に浮べて汝等は流れて行きていそぐ
すべては眠る我れのみはゼウスとともにねむらず
草叢の中でアポロンはカプリ島の如くねむる
とき数万の林檎は薔薇の中にねむりすべての
カリオペの市はねむりゼウスのみがヘラの
服の下にある透明を見るアルゴスの彫者よ泣け
旅行者は噴水の上にはね上がるその足のウラ
はダフオディルの如く光り時間を消す
再び外国人よ此の楡の木の宝石に足をかけて
休め汝のつかれた呼吸が葉の中で如何に歩くか
ヘレスポントのプリアプスよ汝のふくれたる
機関を薔薇の花でかくせ無花果の葉も黄ばむ
蝗は時間の如くねむる時間の頭の後部には
毛がない後からくる者は時間をつかむことなく
人間は人間に殺されて魚によりて助けらる
僧正は浴場の像を彫りて香料を笑はす
アナクレオンよ汝のサッポのホメロスの無限の魚よ
オリムピアの神々の睡眠より再びオリムピアの
神々よりガラスと火と硼酸にうつり行く
すべてねむる者は再びねむりに入るとき
ねむらない者は再びねむりよりめざめるのである
蝗は透明になりすべては蝗の上にあるときすべては
ねむる時にねむらない者は宝石の如く光る

すべてのエピグラムはコンスタンチヌスの睡眠に
過ぎないすべての笑はもはやビアカスの海の如く
沈みて火山の前の涙は農夫の遊びにすぎない
すべての農夫は蝗の光りの如くすべるとき
すべてのものは光りと光りとの間にありてすべての
運動には意義がなく色彩の運動は永遠に止る
すべての創造は再び楽園にもどりて車輪は光り
言語はすべて新しくなりてひばりはのぼり
永遠にのぼりてもどらず言語は無限に流れ
蛇は永遠を越へて延びて帰へらず永遠も去る
永遠もなく有限もなくすべてガラスである
ガラスもなく言葉もガラスにすぎないのである
すべてはガラスの戯れにすぎない言語はガラスに
すべての意義の世界は蝗のガラスに過ぎない。

トリトンの噴水 （断片）

ACROSTICS は崇高なるものであるか美しきものであるか。その遊戯であることはますます崇高とするのである。意識の線は天主の透明によりて消され汝の如き笑ひと涙も見えない。汝のあらゆる音律は断片となる汝の情的意識の如きはつぶされて猶太踰越祭の煎餅の如く平坦なるものとなる。此処は水流のほとりでない黄色くないすべては黄色くない。マロニエの如きは花の如きものを有してゐない。自然の如きものは水面に写らないのである。雨は降らなかつたけれども濡れないといふのは崇高なる論理の消滅を歌ふ天使の合唱である。雨が降つたから濡れたといふことも亦崇高なるものである。樹はダフネを吊り紫の羊毛は天の明りによりて紫の如きものになりて農牧の使者と彼の犬はその牧場に立つてゐるのである。何者もゐない。チアラメルを吹くものはその農牧の犬であるその音は狼の群に達して美しき感情を起さしめる牧場の道を越えて都会の人達にも面白き感情を起させるのは農牧の歴史でないときに初めて牧場の流れ

が近くに或は遠くに溢れて朝の喜びをイースタ祭
の前晩にまでもたらすのであるか。永遠に質問
の形態を取るか。またそれ自身が質問の形態で
ある。樹が其処にあるときに初めて樹がある。
樹がないときにも初めて樹がある。天主の
眼に写らないものの残りを汝は集めるのか。
平和のカリメットは夢の中より出て常に
我が水晶よ常に我が水晶であるといふのであるか。
青白くそして飾られたる我が額を水の岸に
接近させるときに常に忘れたる幸福の時を思ふ。
温和なるシエニエよ。さゝやかれたる散歩の中
に数千の影を安逸に之をくぐりて尚ほ汝の形
にあることは露に重く垂れさがる朝の中
にあることゝ思はるる時にライ麦を吹きて
最善の時間を神の光りにて汝の影をはね上げる
のである。磨かれたる智識は親愛なる波濤
のネムたき車を追ふ如く天のほとりにおののき
かすかなる憂欝の雲に謝して一日の青年の仕事
をさゝげて此等の夕の星に静かなる鐘をならして

春の潮の我が六月のコップに油の如き神の子を
力強き空に拝みて彼の眼に瞬きする少女のかすか
なる飛ぶ足の影に海浜の善良なる春の週間に
空の窓を開きて活発なる眼を引き上ぐるのときに
ダウスンの国は流るる船舶の如く美しきものである。
夜と朝とが結合するの時に静かな手が我が手で
あつた。英吉利人の家庭教師である仏蘭西の青年の
女がレヴアントに行く途中それは暗黒なる夜の海
であつたミュッセの四季の歌を我にかしてくれて
殆んど涙ぐみてそれを賞讃してゐたことがあつた。
なんと崇厳なる地中海の夜であつたか。海。海。
ミュッセの如きものは幸であつた。黄色い噴水の歌よ。
ガラスの向ふに柔かき芝生が見えるその上
に静かなタイタンの影がありヴエニユもゐない
ものの如きであつた。質朴な木綿の食卓掛
は蓮の実を食ふ者の家の如きであつたけれども
再び天体の楽器はレズボスの悲しみを弾じ
海神の頭髪に海草と貝殻との花輪がかゝりて
老ひたる海神の頭脳は波のために楕円と

なりて上がりニオベの肉体の如き香しきもの
の如きであつた。食卓の上には兎と狩りのラッパと
が食器と共に置れてあつた。これはテミストクレス
の夕である。汝の如き雨の降る郊外の如きものでない。
讃美歌に太陽を献ずる如きものでない。窓を照す
ラムプを真夜中に外からみる様なものでもない。
戦慄する色彩は崇高なる橋の上にあるものである
がそれは静かに流れ魂の何物にもふれないのである。
葉は半ば結ばれその他果物は結ばれたる手を
夜の暗黒の中に延す。坂を下りてヂューノゥと
静かに笑ふ。彼の美しき眼は露に濡れて軟弱
となる。けれども直ちに活発となりて彼の七絃琴
を取りに家の中へ走つて行くのである。彼よ。
天国の群集の瞑想は没薬と真珠とに飾ら
れたる花梗として小児の静かなるものの
泣きたる無数の樹木の習慣としての偉大なる
留置場に民族の勝利の沈黙の記憶を
此の世界に包む。つかれたる鳥の気候は
単に簡単なる神秘の虚偽にすぎない心理

のおどかしで戸をたゝくものの方がまだ
恐怖の念に燃えるものであるか。決定は睡眠
を破るか。アヽ止まれよ。廻転せよ。賞讃
すべき世界であるか。先祖の日と金色の日
とは罪悪の家をたゝきて頭髪をつかむとき
に音楽は不注意の時間を見て論理の敬礼の
旗を振るは親愛なる怒れる友人へ美しき尖塔
の見世物である。公園と心情は他の残りのものの
中にペンをすてるときに貴婦人への手紙となるので
あるか。第二の手紙は正午の知識となる楽園の
絹の虫の如くキアンタブレィの序曲の如き真珠と
スープと赤き顔の老人の如きガウアの不成功
の如き喜びは第一のものにあることは天国
の病人の噴水にすぎない。すべて修辞学的判断
は論理的認識的現象的象徴的印象的弁証的その他
ありとあらゆる判断より優れてゐる。また優れて
ゐなくともよいのである。修辞学的判断は
判断でない。もし判断とすれば絶対に自由なる
判断である。けれども詩は判断のために判断

を行ふのでない。修辞をするためにのみ行ふ判断の形式である。絶対に判断を否定するといつても美しい。詩はあらゆる判断の為に来る後天的な判断であるが故に先天的な判断をすべて否定するものであるところの一つの判断である。詩は判断を破るけれども第一の判断でないから第一の判断をすべて破る一つの第二の判断である。あれは噴水の音であるかあれは天国の脳髄であるか。天体の修辞学は表現のために使用する楽器でない。修辞学はそれ自身のための修辞学であつて修辞学を行ふことにより詩が本質的なものになる。失望は胸をつたつて外界に行くソロモンの歌は夕暮の歌となる演説である。自己の紀念塔の中に自己の骨は横はり自己の身体の中にない。ギアルソンの頭をたゝいてZEUSを呼ぶ如き黄色な意識は簡単であるが第二の判断として美しき夕暮である。タイタンの叫びは農夫の晩餐の如く二個の法則の無力なるものとみることが出来る。詩は為天的な第二の判断から初まり第二の判断の終りまで崇厳に進む。こゝに法王的なところがあり永遠のパルナシアンである。詩は永遠に判断し得ざる判断の音楽である。音楽と共に価値がない。価値がないことは永遠に価値がないことであるが価値がないことは崇高なるポエジイの力を生むものである。この崇高なると云ふ形容詞は判断を表はすために使用したのでない。我れは第二の判断としての象徴のために使用した音楽にすぎない。永久に崇高であれ。金の叢林に友情を問ふのである。我等が生きてゐる間は遠くから見えない。パールの老父は合掌して頤を上げてひざまづき花の吹く草地に入る。透明なる小川の水に鮫の仔とうなぎが見える。そこを通して新しきエルサレムがある。此れは中世紀の伝説であるが白い雲に果樹園の樹々の頭がトビ出してゐる。彼の服装は自ら風格を具備してゐる。彼の首は肩のところまでむき出されてゐる。彼の手袋は宝石によりちりばめられて。ヴェルヴェトの桃色なる靴をはきて。汝は真面目で我が耳をたゝくならば美しいが若しシャレでするものなれば余は斯くの如きシャレは好まぬ。仮髪をかむり水流のほとりをかすかなる音を辿りて散歩しつかれてものうげにも家に帰る。

POLYPUS の水中の分解の如きは美しい。

水面の植物哲学はヴオンとトレムブレィである。

或るものは坐つて彼が考へるものを書く。或る者は坐つて書くものを考へる。けれども坐はる前にも後にも何にも考へない者及び脳髄の中に以前存在したものを生み出す時はその者は何にも生み出さないことは確かである。無といふ者程威厳に富むものは無い。無の威厳はオリムピアのパルナスである。無とはすべてのものの終りであると同時に初めである。この水晶の中で水草は黄色い花を開き
プロメスユウスは鷗の如く人形の如く鳴くのである。

ミュゥズの神に六ペンス借してくれと頼んだときに今は丁度コマカイ銭がないから六千磅なら貸してやるといふことはミュゥズの七絃琴の音である。

さらばマルソオよ。婦人よ。婦人よ。古るき延びたる靴の如き安楽と自由をもつてクラリサの庭園をフクらみたる白きものの如く散歩するとき海賊の歴史はアネモネの貝岩の中に咲くまたはほとばしる噴水の如く樹蔭の中より去るのである。

大理石像のヂュピタの眼を海の紫にいろどる人々の眼は透明にして聖マーティンズ寺院の版画の如くなる。Strawberry Hill のウオルポルの家の如きはコルコスの微風の如くになるけれども紅海の夕陽に流るる真珠の如く遠くの鳥を呼ぶ。

永遠の Connoisseur は鳥類足跡学をつくりて類似なる顔面と類似なる頸飾りと類似なる頭髪とを見よ。リボンのつきたる帽子をかむり柄の長いパラソルをさす婦人は海岸を散歩するのである。沖には帆船が動く。扁平なるホソ長き雲がたなびくのである。彼女のチブサはふくらみて胴を長く見せる衣裳は永遠に微風にさそはる。埋木の上に老婦人が二人こしかけて頤を出して笑つてゐる。そのわきにつくねんとして愉快なる少年が立つてゐる。そのわきに一匹の犬が舌を出して休息する。海岸の風習がますます盛になる。

白鳥と地球と薔薇と希望は悲劇の明りを出すか。ベイコンのホソ長き帽子は羅典の秋の如く甘きつかれたる公園の森と木の葉との如きものであるか。スティールの海岸の悲劇は最初のホマンチックであるか。Jervas の肖像画としてのポウプは細き足を組みて頬杖をつくのであるか。すべてはギラミイの Opuscula であるか。これはレナルヅの夕であるか。彼のまるい眼鏡はよく見えない。ウオトンはまたゴウルドスミスにさゝやいてゐるか。Cherwell のなげきは珊瑚のラムプであるか。またTimbuetu であるか。雨が降つて来たことを最も早く知らせる者は町に遊んでゐる少女の声である。ドラクルアの追悼の朝に於けるウィスラとボードレールの如きものであるか。草模様のソウフアの上にある蠟燭のかざりと大なる牡丹の花がある絨氈と黒ぬりの椅子とであるか。ハロウの村のエルムの樹と煙突のある屋根であるか。朝にはガラスのコップとナイフと皿をみがくそれから自分の靴の締金をみがき靴を黒くぬり仮髪に粉をかける Dodsley であるか。仮髪の上に三角帽をかむる多くの紳士が集まりたるこの珈琲の家を見よ。ある人達はすでに坐り長いパイプを笛の如く口に当て他のものと談ずるとき或るものは三角帽をはづして壁にかける。貴婦人の二人の肖像画はまるき額の中につられてリボンの中にはまつてカルタをあそぶ紳士の上にかゝつてゐるか。一人の紳士は爐の前に坐り小さいコップで珈琲をのんでゐるか。その爐の上には食卓の前で接吻してゐる二人の女の油絵がかかつてゐるか。また手まへの方には痩せた犬と他のそれよりは少し大なる犬と戯れてゐるか。ガースの如きものはそこにゐるか。税関の建物には大なる影がなげられてゐるか。サシエヴラルの如きは六頭の馬にひかれたる車にのりて税関をさけて走る。憂欝なる政治家であるか。貴婦人は地図に指さしてゐるか。チウニスの南瓜の如き枕によりかかるものはあるか。公園に兎を愛する貴婦人はカーテンのしぼられたるものの影に立ちて口の両脇にエクボをつくらんとするか。十六歳の少年の脇に二人の婦人が鳩の如き鳥を両手につかんで眼を上に向けるか。蠟燭をてらして自分の小さな肖像を調べるか。パリングトン・アーケイドの前で貴族は花売りの少女の後をひつぱるか。鼻の上に指を置くか。腹を出したる女神の如きものが椰子の樹の上に水甕より美しき水を流して椰子の樹を生長させるか。貴婦人の髪は延びて駝鳥と香水の如くになるか。ウオルポルの如きであるものが肖像としてあるか。モンタギュ夫人の額は長く肩はまるくさがりて杏子の如き唇はひかれて指ははね上がつてゐるか。野外の音楽の向ふに一つの家が見えるか。温泉の金貨はあるか。扁平なる野辺は野菜をつくるか。Bakewell の頭髪はうしろの方が長すぎるか。英蘭銀行は美しき詩でないか。少なくとも美しき眼の鐘であるか。水晶の演説者は不朽の常春藤であるか。悪漢の進歩は音楽と共に流れて行くか。指を組んでチブサのところへもち上げることは喜びを表はすか。ハミルトン夫人は親指と人さし指との間に喉を置き右手の中に左の肘を置き首を下にさげて眼を大きくするとは大理石像の鏡にうつるときであるか。色彩のある陶器の人形は夕暮であるか。女のツナワタリを下から指ざすものがあるか。悲劇のオーケストラに笛をふく少年とカーテンとは何物であるか。帆船を有する者の家は琥珀である鉄砲であるか。狼と共に氷滑りをする紳士は手を上げるか。倒れたる紳士の上で貴婦人は両手をあげて悲しむか。VIOLETO DE COBALTO OSCURO であるか。黒い時計の針は金色であり雲がたなびくのであるか。横を向いてゐる婦人の顔であるか。我はまた太守と共に叢林をめぐりて戸外に入るのであるか。横を向いてゐる婦人の顔であるか。黒い時計の針は金色であり雲がたなびき悲しむか。VIOLETO DE COBALTO OSCURO を上げるか。倒れたる紳士の上で貴婦人は両手をあげるか。狼と共に氷滑りをする紳士は手であるか。帆船を有する者の家は琥珀である琥珀を下げて眼を大きくするときは大理石像の鏡にうつる時であるか。オーケストラに笛を吹く少年とカーテンとは何物の

女のツナワタリを下から指さすのであるか。悲劇の
色彩のある陶器の人形は夕暮であるか。間に喉を
置き右手の中に左の肱を置き首を下に表はすか。
ハミルトン夫人は親指と人さし指とを組んでチブサの
ところへもち上げる喜びであるか。悪漢の進歩は
音楽と共に流れて行くか。眼の鐘である水晶の
演説者は不朽の常春藤で英蘭銀行は美しき詩でないか。
少くとも美しき Bakewell の頭髪はうしろの方が
長すぎるか。温泉の金貨はあるか。扁平なる野辺
は野菜をつくり野外の音楽の向ふに一つの家が見えるか。
杏子の如き唇はひかれて指ははね上がつてゐるか。
モンタギュ夫人の額は長く肩はまるく下がりて
ウオルポルの如きであるものが肖像としてあるか。
より美しき水を流して椰子の樹を生長させるか。
出したる女神の如きものが椰子の樹の上に水甕と
少女の後をひつぱるか。鼻の下に指を置くか。腹と
パリングトン・アーケイドの前で貴族は花売りを
向けるか。蠟燭をてらして自分の小なる肖像を調べるか。
二人の婦人が鳩を両手につかんで眼を上に

エクボをつくらんとするか。十六歳の少年の傍に
カーテンのしぼられたるものの影に立ちて口の両脇に
かかるものは公園に兎を愛する貴婦人を指さして
ゐるか。チユニスの南瓜の如き枕によりて走る
憂欝なる政治家であるか。車にのる税関をさけて
大なる影が投げられてゐるか。貴婦人の地図にて
六頭の馬にひかれたるサシエヴラルの如きガースの
如きものはそこにゐるか。税関の建物に犬と他の
それより大なる犬と戯れてゐるか。油絵がかかつて
ゐるか。また手まへの方の痩せた爐の前に坐はり
小さいコップで珈琲をのんでゐるか。その爐の上に
接吻してゐる二人の女は食卓の前で遊ぶ紳士の上に
かかつてゐるか。一人の紳士は額の中につられて
リボンの中にはまつてカルタを壁にかける。貴婦人の
二人の肖像画は円るき他のものと談ずるとき或るものは
三角帽をはづし既に坐り長いパイプを笛の如く
口に当てる。集まりたるこの珈琲の家を見よ。
ある人達は仮髪のうえに三角帽をかむる多くの紳士を
みがき靴を黒くぬり仮髪に粉をかける。Dodsley と

ナイフと皿をみがくそれらを自分の靴の締金と煙突のある屋根をみがく。朝にはガラスのコップと椅子とであるか。ハロウの村のエルムの樹と蠟燭のかざりと大なる牡丹の花がある絨氈との如きものであるか。草模様のソウフアの上にあるドラクルアの追悼の朝に於けるウィスラと Baudelaire を最も早く知らせるものは町に遊んでゐる少女の声である。また Timbuctu であるか。雨の降る Cherwell のなげきは珊瑚のランプであるか。ウオートンはまたゴウルドスミスにさゝやいてゐる夕であるか。彼のまるい眼鏡はよく見えない。ヂラミイの Opuscula であるか。これはレナルヅの足を組みて頬杖をつくのであるか。すべてはあるか。Jervas の肖像画としてのポウプは細きスティールの海岸の悲劇の最初のホマンでつかれたる公園の森と木の葉との如きものであるか。ベイコンの細長き帽子は羅典の秋の如く甘き白鳥と地球と薔薇と希望との悲劇の明りを出すか。休息する海岸の風習がますます盛んになる。少年が立つてゐるわきに一匹の犬が笑つてゐる。そのわきにつくねんとして愉快なる埋木の上に老婦人が二人こしかけて頤を出して胴を長く見せる衣裳は永遠にさそはる。雲がたなびくのである。彼女のチブサはふくらみ沖には帆船が動く。扁平なるホソ長いパラソルをさす婦人の海岸を散歩するのを見よ。リボンのつきたる帽子をかむり柄の類似なる顔面と類似なる頸飾りと類似なる頭髪を出して永遠の Connoisseur の鳥類足跡学をつくり夕陽に流るる真珠の如く遠くの島を呼ぶ如きはコルコスの微風の如くになるけれども紅海の如くになる。Strawberry Hill のウオルポルの家の人々の眼は透明にして聖マーティンズ寺院の版画又は大理石像のヂュピタの眼を海の紫にいろどるほとばしる噴水の如く樹蔭の中より去るのである。海賊の歴史はアネモネの貝岩の中に咲くまたはフクラみたる白きものの如くクラリサの延びたる靴の如き安楽と自由をもつて散歩する。さらばマルソオよ。婦人よ。婦人よ。といふことはミュッズの七絃琴の音である。今は丁度コマカい銭がないから六千磅なら貸して

やると言つてミュゥズの神に六ペンス借してくれと
頼んだときにプロメスユウスは鷗の如く人形の如く
鳴きて水晶の中で水草は黄色い花を開くのである。
無とはすべてのものの終りであると同時に初めで
無い。無の威厳はオリムピアのパルナスであることは
確かである。無といふ者程威厳に富むものを生み出す
時はその者は何にも生み出さない。後にも何にも
考へない者及び脳髄の中に以前存在して坐つて
書くものを考へるけれども坐はる前にも或るものは
坐つて彼が考へるものを書く。或る者の水面の植物哲学は
ヴォンとトレムブレイである。POLYPUS の
水中の分解の如きは美しい音を辿りて散歩しつかれて
ものうげにも家に帰る。好まぬ仮髪をかむり水流の
ほとりをシャレで真面目で耳をたたく彼の手袋は
宝石にちりばめられてむき出されてゐる。
ヴェルヴェトの桃色なる靴をはき余は斯くの如き
シャレは好まぬ。風格を具備する彼の首は肩のところ
まで樹々の頭がトビ出てゐるのである。風装は自ら
中世紀の伝説であるが白き雲は果樹園の見える
ところを通して新しきエルサレムであるけれども
這入りて透明なる小流の水に鮫の仔とウナギが
合掌して頤を上げて跪き花の咲く草地の間より
遠くから見えない。パールの老父は金の叢林に
友情を問ふのである。我等が生きるために使用したる
音楽にすぎない。永久に崇高であれ。使用したので
ない。我れは第二の判断としての象徴の此の崇高なる
といふ形容詞の判断を表はす為に此の崇高なる
ポエジイの力を生むものである。永遠に価値がない。
最初の晩餐の前に夕鐘の惑星の如く
弱きヘリコンのヂキタリスの花をめぐるタイタン
はケズィクの坂をのぼりマルタの記念塔は
天空のコムパスを廻りて永遠の光はステラを食ふ。
梨の樹はキュプロス生れを遠くより見んとするか。
自分は自分でないことを発見したるときは希臘の
悲劇の祭礼は直ちに中絶するのであるとするも。

瀧口修造

ÉTAMINES NARRATIVES

1

銅銭と白薔薇とが協和音を構成するとつばさのある睡眠がさけびだす。　そのなかには異常に青い草が繁茂する地方へ跳ねやる虹のように強靭な弾條がある。　田舎は土龍のように美しいがその寒さにおののく掌は正確なので顔を蔽うのに充分な引力を提供する。　すべての音を発する物質と同じにあの睡眠も意志に属していたのかしら？　そこから脳髄が月のように細密な脳髄が見える。寒冷な鏡面には無数の神様が附着している。　この瞬間の噴水は花のごとく綺麗である。　あふれる無用物をもって花の意志をもって新建築術をもくろむ葉巻色の喉をした建築師の二つの眼は義眼である。　そして彼の姓名がしだいに無機物に変化しつつあるのを意識している。ひとすじの黄金の光線は小鳥の発声器を突きとおしたまう。　合理的なる午前七時よ。

2

薔薇の眼をひらく塔へ不安定な飛翔をする満月の胸部は青く傷ついた風を記憶する。　天国の薬品を服用してから簡単な景色を見ている一人の少女を親切にする。完全な詐偽師が疾走する。　彼は衝突する。　花環のような海に。　星の色彩の犬に。　比較し得ない二つの拾得物に。　それから未知の光線に。　ついに無限に切断しうる花弁のなかで溺死し得ない。

3

変化する詩集に頭を載せる少年を呼吸する。　一つのコップを呼吸する。　鳥の骨骼は黄金になろうとする。光線は落下しない。　薔薇と彼女とは停止せる夜間に最初の瞬間へかえる。　果物は微笑しない。　果物は羅針盤のように詩を知悉している。　果物は花の中の雑音を忘却し衰弱した緑色の窓について哄笑する。

4

強壮な鳥は海面の上空から明瞭にかれらの都市を透視し冷たい突起で会話する孤独の宝石のようにめまぐるしい魂に胸部を向ける。　動力の処女性に背を向ける花弁商人の水色のほくろを化粧する都市は言語に訴えるものを持たない。　一羽の鳥の形態においてクローカスの不完全な唇に接吻をあたえない。　制限された天使は小鳥の同情心を明るくしたのち急に新しい眼球を嵌めかえる。

5

無数の神々の脳髄にある光沢ある山水画を姿勢のいい魚の眼球に移動する。　みずから粉砕する指先きに生誕する言葉は昨日と今日とを知らない。　美味な涙が緑草のような頬を流れるとき精密な時計面の湖水を疾走する幼いアフロディテの迅速な歩行を見たまえ。　旋回競争における春の季節の発達を見たまえ。　これが非常にうるわしい錯誤なきバスケットである。

6

鏡面の垂直な酔いが早朝の冷たい花を襲う。　乳の愛が街街の無口な硝子窓を通って離散する。　眩しい不均衡の前で随意に帽子を脱ぐ農夫はかれの無上命令を葉緑素のこぼれる土龍のほかからは獲らない。　二つの黄金の月光のなかで挨拶する。　二つの星のように優しくどなる。　華やかな生の証拠にははにかみ季節を知らない婚礼衣裳のように死ぬ。　詩に向って防禦しない二つの喉笛がある。

amphibia

種子の魔術のための幼年
ひとつの爆発をゆめみるために幼年のひたいに崇高な薔
　薇いろの果実をえがく
パイプの突起で急に寂しがる影をもたぬ雀を注意ぶかく
　見まもる

井戸のような瞳孔の頭の幼い葡萄樹はついに悦ぶ
金魚は死を拒絶した
雨のふる太陽
かれの頸環の晴天

地球創造説

両極アル蝉ハアフロディテノ縮レ髪ノ上ニ音ヲ出ス
男モ動物モ凡テ海ノヨウニ静カニナル
アフロディテノ夏ノ変化ハ
細菌学的デアル
零レルヨウナ花
汝ハ月下ノ青年ノヨウニ神経質トナル
陰謀者達ハ
電燈ヲカカゲ波間ヲ照ラシテユク
彼ラノ耳ノソバデ鶯ハ実ニ上手ニ鳴ク
ソレハ微風ヲ意味スルノカト思ウト
急雨デアッタ

実際ノ奇蹟ガアンナ紫陽花ニ起ルナラ
ソレハ真ニ衰弱シテ終ウダロウ
短刀ノ葡萄酒(ワイン)
地球ノ冷タサハ襟飾ニ附着スル
泥酔漢ハ崇高ナ鯛ノ色彩ヲシタ
太陽ニ向ッテ再ビ微笑スル
宇宙ハコノ時少シ動ク
彼ノ知ラナイ彼ノ背ノ鯛
処女航海ノ発作
アルファベェトヲ間違エテ
脳髄ノ青空デ思索スル
若イ鳩ガ飛ビ込ム
彼ノ頸環ノ玉ガナカデ滾レル
ソレラハ帆船ノヨウニスガスガシイ
波浪ト奔馬ノゴトク動カナイ
最後ノ審判ハ起ラナイ
zero カンナノ zero モアル
庭師ノ顔ヲ忘レタ鶏頭花
凹面鏡ヲ掛ケネバ見エヌ花

ソレガ彼ノ胸ノ花デアッタノカ？
制動機デ停ラヌ波浪ハ再ビ砕ケル
優秀ナ胸　ソレハ女ノ胸デアル
ソレハステキナ水曜日ニ
旧式ナショールニ包マレテ
五重ノ塔ノ上カラ少シ地上ニ近ヅイタ女ノ胸デアル
ソレハ正午十二時マデ檳榔樹ノヨウニ眠ッテ終ッタ
女王ノ胸デアル
モット精密ナ花ヲ見タイト叫ブナラ
手品師ノヨウニ断然トソレヲ近ヅケルノミ
ソシテ騰貴スル感嘆詞ヲ
コノ卓上ニ置ク
大魔術ハ空気ヲ要シナイ
ジャスミンガドウシテモ姿ヲ見セヌ時
アノ少女ハ簡単ニ想像シテ終ッタ
金属ノジャスミンヲ
絶息セントスルアポロ神ノ呼吸ハ
恐怖ト快活トガ混合シタ
羊肉ノヨウナ薔薇ト同一デアル

ソレホド新鮮ナミルクト生命トヲ
コノ地球ガ持タナイ
聖者ノヨウニ絶息セントスルアポロノ眼球ハ
壊レタ虹ノ色ヲモッテスラ描クコトガ出来ル
彼ノ幼イ耳ヲ暖メニ来ル時ノアポロ神ハ
太陽ノヨウニ唖デアッタ
瞬間ニ無気力ノダイヤ　ソレハ彼ノ胴体ノ全部
ヨリ精確ナモノソレハ葡萄パン
ヨリ凄艶ナモノソレハ天国ノ園芸術ノ公開デアル
天国ハ胡桃ノ中ニ忍ブ
水夫ノ見タノハ着色広告紙ノミ
ソノタメニ彼ハ優美ナ秋ノヨウニ微笑ム
ソシテソレハ秋デアッタ
緑色ノ蝿ノヨウニ
人間ノ椅子ガ見エルナラ彼ハ病気ナノダ
哀愁ニ驚イタ男
死ヲ拒絶シタ金魚
コノ二ツハ雲ノヨウニ並ンデ歩ク
大理石ニ似テ大理石デナイモノ

海綿ニ似テ海綿ナモノ
柘榴ソノモノデアル柘榴
ソレハ海老ノ時計ノヨウニ確カナ哀愁デアル
貝殻ノヨウニ巻イタ水平線ノ必要
薔薇ト砕氷船ト麦酒(ビール)トガ漂ウ手術室ニ夕日ノヨウニ入ル
窓硝子ニ未ダ化サナイ以前ノ土龍ガ横ワッテイル
優シイ墓標ガ絹帽ノ美人ノソバデ騒々シイ哀愁ニ
無関心デ立ッテイル
皆　ギャルソン・ドテルノ誤解デアッタ
鬚ノ無イ手術者ノ衣服ノ背後ヲ見給エ
健全ナ巨大ナダーリヤ
ソロモンノ日曜カラ一歩モ外ヘ出ルコトハ
不可能デアル
朝顔ノ美学カラ朝ノ朝顔ガ逃走スルコトハ
不可能デアル
oh yes indeed*
猪ドモノ月夜ニ
一ツノ憂鬱ナ手ヲ愛スル
一ツノ沈黙シタ火事ヲ愛スル

然シコノ葬列ノゴトク優雅ナ風景ヲ
認識スル室内装飾師
胸ノ欠ケタ天使ノタメデハナイ
然シ唯一ツノ彼女ノ白状ノタメニ
銀行業ホドニ古イ昆虫ト少量ノ談話ハ
シキリニ海洋ヲ夢ミル
現代ノ貝殻ト難解ナ雲
唯神学者ハ西班牙人ヲ呼ビトメル
ソノ純金製ノ腕輪ノタメニ……
スベテ月夜ハ非常ニ錆ビ易イ
日本ノ花ノヨウニ
硬玉ノ自由
斜面ニハ人間ガイナイ　瀑布ノヨウナ斜面ニハ……
此処カラ遠クワレラニ無関係ナ予言者ガイタ
ソレハ雌蕊ノヨウニ孤独デアッタ
双殻類ノ青空　ソノ中ニ最モ正直ナ神様ガ住ム
一ツノモノノ中ニハ真珠ガアッタ
一ツノモノノ中ニハ牝羊ガアッタ
困却シタ乞食ノ清潔

彼ハ砂ノ上デ限リナクコップノ夢ヲミル
琥珀ノヴィオロント彼ノ踝ト扈従ノ金魚ト……
審問ハ蒸留水ノヨウニ彼ノ肩ニ注ガレル
海ニ沈ンダ太陽ハ
羽毛ノヨウニ彼ノ懐中ニアル
彼ノ両ノ手ヲ形ヅクラントスル謀計ハ
紫葵ノ中ノ紫葵ヲ見ルヨリ明ラカデアル
故ニ永遠ノ幻影ハ美シイ
ソレハ最モ簡単ナ装置デアッタノダカラ
コノ時無数ノ異ッタ蝶々
ソレガ乞食ノ目的デアル
家鴨ノ銅像
真実ノミロノヴィーナスニ逡巡スル無熱ノ葦
長時間ノ疼痛ヲ巧ミニ避ケル青鷺
既ニ透視術ノ農夫トトモニ
先天的ナ博物館ニ来テイル
輪光ノ罅隙カラ見ル海ト海ト砂
牢獄ノ迅速ナ馬
ソレハ誰モ見ナイ六月ノ夜ヲ運ブ

地球創造説ハ一夜ニ完成サレタ
猬(ハリネズミ)ハ感謝スル
モルフェノヨウニ夏ノ手ガ延ビル
無意味ノ花束ノヨウニ
横柄ナ王宮ノ中ノ死亡ノヨウニ
ソレハ健康ニ害ガアル
美ワシキ自然　ソレハ汝ノ袖珍字典デアル
定量ノ菊ノ花ノヨウニソレノ力ヲ自覚スル
潜望鏡ハ十月ニ等シイ**
ソシテ鏡ノ中ノ極小ノ論理ト
石礆ニシタ少数ナ熱帯的追憶トヲ見給エ
赤縞瑪瑙ノ彼ノ理智
月明ノ誤算ト力学的忘却ト
月ニ火縄ヲカケル愛情アル静力学
排泄サレタ紫色ノ静カナ薔薇ニ酔ウ女王
ソレガ汝ノ瀟洒ナ希望カ？
陶製記念像カ？
天真爛漫ノ太守ノ亡霊
凡テノモノガ削除サレタ亡霊

妖精ノヨウナ薔薇
魚類ノ薔薇
態度アル薔薇
滑稽ナ薔薇
無感覚ナ薔薇
焔ノ薔薇

雷鳴ノヨウナ化身
アノ海上ノ抽象ハ何モ語ラナイ
子午線ノ花ノ乳齢ハ凡テノ気象学ノ上遙カニ
マドラカナ夢ヲミル
石器時代ハ巨花性デアッタ
誇大妄想ハ海青色ノ瘢痕ヲ残シテ海ニ飛ビコム
饒舌ハカクシテ終ル
新郎ハ海ノ匂イガスル
首府ノ作詩狂（メトロマヌ）
直グ水母ノヨウナ羅針盤ハ内海ノ瞑想ニ入ル
芸術揺籃地ノ静カサヲモッテ

アア魂ノ言葉ヲ忘レテ終ッタ
トソレハ叫ンデ
洋紅色ノ声楽器ニ駆ケ寄ル
難破シタ虎
ピヨピヨト鳴ク音楽熱愛
ソノ向ウハ渺茫タル海
ソシテ四時雪ハ絶エナイ
オオ　Mater Dolorosa
孵化シタ意思表示ハ
最高ノ悪意トカメレオン
次ニ動産ノ音楽ハ雲ノ下ニ行ワレル
落日ソレハ格言デアル
コバルトノ脳ソレハヒッソリシタ囈言デアル
福音ヲ携エル魔物ノ運命ハ妖艶ナルコトヨ
極端ニ流行性アル言葉ヲ用イ
天候ニ注意シナガラ語ル
ソレハ万物ノ白イ倫理デアル
観察ノミガ光リ輝ク音楽デアル
白粉ハ鳶色ヲシナイ　ソレ

ソレニモ拘ラズ
七絃琴ハヨク光ヲトオス
アポロガ食事ヲシテイル
ソレヲ解剖シタラ何モ残ラナイ光景
尊敬
陸カラ其処ヘ達シタヨク響ク三色菫
私ハ快活ノミヲ記載シテオイタ
タトエバ七面鳥トソレニ反シテ背ノ高イ少年
亜鉛ハソレニ何ノ関係モナイ
ソレハ半人半神（サチール）ノイル風景ト同ジモノデアル
他ノページニハ何モ書カレテイナイ
銀ガ銀デアル快活
ソレハソロモンノ知覚デアル
幽霊ノ出現ヲ信ジル闘牛士ノ林檎
突然ソレニ暖メラレタ麗ワシイ魂
人間ガ天使ノヨウニ見エタノハコノ時デアッタ
海ノ泡ニ生ジル暗王ハ虹ヲ許可スル
ソレハ満足デアル
ソレハアノ芙蓉ト同ジヨウニ考エテイタ

絶体絶命ナ四面体ノ蠱惑
平衡ハヤガテ天啓ノヨウニ少女ノ唇ニ生ジル
海ト見間違エルソノ臙脂
雨ニ無縁ナ少女ハ風ノヨウニ走ル
少女達ハ一斉ニ少女ヲ造ル
新シイ無毒ノ真理
エスキモーノスペイン
不図見ルト未熟ノ葡萄デアル
ソレハ新月ノ奇術デアッタ
ソノ時ハ既に少女ハ居ナイ
Mammon ノ悪魔ハ新鮮ナ金貨ヲ用意シテイル
ソノ特徴アル職業ノタメニ……
ソノ鋭利ナ季節ニ
再ビ野獣ニ復ルライオンノ奇癖ハ
霊感ニ悩ム
物語ハ月夜ニ笛ト共ニ蒸発シテ終ッタ
ソシテ酒ノヨウニ最モ古イ部分ガ残ル
栗ノ街　金魚ノ歩ク街
肱ヲツイテ音モナク奔ル馬

永遠ニ不透明ナ人間
坐ッタ女ノ膝ノ青イ円形
何処マデ追ッテモ青イ切レタ樹ノ葉
人間ハ時々瞑想スル
コレハ乳児ノヨウナ円形劇場デアル
食用ニナラナイ希臘ノ頭部デアル
マリヤノ帆具デアル
営利的ナ濃青色ニ包マレタ御身ノ肌色
ソレハ穹窿ノ中ノ天使ノ行動ヲ思ワス
アルコホルノ雪ハ
御身ノ頸飾リトナル
御身ノ物語ハ
流星ノ脈膊ノヨウニ
膜翅類ノ天国ノヨウニ短イ
御身ノ前半生トソノ剰余ノ楕円形
ソレハ御身ノ発明デアル
空中貴金属ハ一ツノ新シイ神ノ風俗ニ感染スル
ソレハ急激ナ
信仰厚キ否定的ナ芳香アル非常ニ藤紫ノ桔梗

ソノ空虚ノ瞬間ニ
アラユル独特ナ優美ナ把手ガ動ク
安価ナ太陽
悪性ナ旋律
ソノ屈折ノ受難
華麗ナ甲冑ニハ　モウ原因ガナイ
王
何タル時間デアル
ソレハ令嬢デアル
一言モナイ令嬢デアル
コノ空間ヲ脱走スルピン
ピンハ令嬢ニ似テイル
ソレハ全クノ一月デアル
真珠
ソレハ美辞麗句デアル
機会ト夢ト夢デアル
掌中ノ一厘確カニ一厘デアル
ソレハ愛ラシイ愛デアッタ
分裂繁殖ソレハアセチリン燈ニ関スル芸術デアッタ

質問シナイスペクトラム
ソレハ王デアル
純金ノ無生物
笑ッタ薔薇ノヨウニ未ダ眼ニ触レナイ遊戯
Gargantua ノ醬ノ結氷デアル
不均衡ナ星　ソレハ金髪碧瞳ノ少女
ソレハ水族館ニアル天ノ半分ノ星
天使ノ星ハ喪ノ中ノヨウニ紅葉スル翼ト
露出シナイ紫ノ埃トノ星
星星

*　Miss Gertrude Stein : Geography and Plays
**　Tristan Tzara : 7 manifestes dada

花籠に充満せる人間の死

　人間がいるために花籠が曲がる。　揺れる。　破裂する。　その日光を浴びて透明なパイプを握って煙を吹く。私の指の水平線に美神が臍を出して泳ぐ。　おお否認された白梅のほうを向けよ人間の鮮明な心臓の見える人間の青い縞を見たまえ。　人間の厳かな縞の腕をナイアガラ瀑布まで延ばせ。　その上の遙かな天で無類の鯛を釣れ！　落下する瀑布に飾られた美しい虚空の花籠、それよりも美しい花籠。　いますこし頸を曲げる、いますこし眼をあげる、見よ美しい花籠はぼくの乗った花籠である。

　いま美人を切ったところである。　ほとばしる月光のような血を見よ。　彼女の喉の機械を見よ。　さて私は眠る。　突貫する白鳥と、ひとつの顔を無数の星のように振る馬はこれは何か？　これは美人の眼鏡であるか。

　これが無病な人間の凱旋門であるなら、その股のモン・ブランを風車のように突風に当てよ。　突風の鮮明な顔に美粧を施して見よ。

　山査子のほかにはどんな本体も考えられないのか。ヒトデはひとりの汝を照らし四人の汝を照らすとき、乾物屋は一層妖艶な大使を照らす。　大使の円運動はオレンジ色である。　大使を慰めたのちに私は黄金の麦酒を飲む。それから空中に浮かぶ禁断の金魚を射落す。それから馬のように戛々と駆けてゆく。が待て、ひとりの詩神は冷たくなっている。

深海の突進する機関車を着て、廊下で濃藍色のヴィーナスを転ろがす。ダビデのような比日魚(ヒラメ)の横顔は直接背後の珊瑚色の象を知らない。この鬚に満ちた男は人間に復れと命じている。潜望鏡にうつった紅梅を熟視せよ。ダビデよ。無数に波頭が死ぬ。

純粋な男がなんとなく左手を右手に合わせている。これは純粋な行為であった。それから特に清浄な太陽に宝石を飾るために空中に浮かんでいた。人間に復った人間が真実の紫陽花色をした現実を嚙った瞬間は名誉ある鰐の全世界であった。これは衰弱の万歳である。石礆で洗滌した鮮やかな鰐の眼よ。改めて花籠の純粋な自然を見よ。棕梠の葉にダイヤモンドを鏤ばめる独特の潜水夫よ。汝の摩天楼の胴よ。私を抱け！　純粋な脳髄よ。鰐を通せ！　征服された菫は巡洋艦のごとく大洋に横たわる。同じように征服された雁を見よ。その紫の神が墜落する。その婀やかな神が七絃琴に衝突したとき、獅子の口蓋の肉片のように消失してしまった。このオペラを見よ。そこに歓喜する美神を見よ。星の魅惑に打ちわななく平原、そこに木炭が似合うのは鯉の霊感であった。最愛のスペクトラムよ。叢生の萩のしたの無限の銅鉱に独特な容貌をあたえよ。すべての愛は汝を通って光る。すべての死もまた汝を通って光る。雷鳴のなかにいる一人の娘よ。小麦畑の葉末に華やかな突然の神々を信ぜよ。

MIROIR DE MIROIR　鏡の鏡

桜の灰の姿見には桜の足跡がある。昔、小石の耳をもった小鳥が林の姿見に墜落、永遠の未来の孤独のみみずくよ、汝の裸体は黄金の硝子かと見まごう、大火災べルリンに起る、みみずくよ聞きたまえ。ぼくの同情はすべて詩であった。みみずくの児童らよ、九人目の童女の眉の上にあって最も光る電燈は何なのかね？　この小石等の笑うのを聞きたまえ。明日の冬に無数の愛の雪が降るのが見えるかね？　小麦の幻想は年々変化して美少女の扮装のように年々麗わしくなる。　金魚を嗅ぐ機械によって心臓のように精巧な水路のなかに雪が降っていることを知った。　小麦の乾く鏡のなかに鯨の骨骼が朝の太陽のように動く。　美少女の磁石のごとく動く。　小麦は動揺する。　小麦の石の乳房は鯖の女優の鏡である。　そこに波を描いていった豊艶な雀はぼくの掌に眠っていた。　ぼくの指から飛びたつもっとも美しい紫の小鳥は巣に帰る。　綻びた岸に金糸の縫いをする魚たちは雲間の温湯を飲む。　ゼロの孔雀は黄色の鏡から水を吸い、百万長者の瀑布は木兎の頭の白い帆船を包むだろう。　それは無限の時間の無限に白色のペリカンの再生、ふしぎに乳房、これは銅と木兎を育てた大森林の乳である。　黒雲の乳星の乳、

　ぼくの七つの鏡を産んだ鳩の婦人は午前のぼくの乳を吸う。　ぼくの鏡の牧草はいまは鳩の胸よりも高く成長して蝶々の脳髄をいただく、その両足のあいだの闇の鳩たちの心臓は交互的である。　接吻の花が梅の花の上にひらく。　鳩の婦人の裸体の時刻、氷山が語る時刻、ひとでが笑う時刻である。　四面岩壁にかこまれた青い蝶の美しい音声を聴きたまえ、ぼくの瞳のなかの木兎の児童らよ。　汝らの皮膚の暦の装飾よ。　天の愛情は沼の底のシャンデリヤと鯉の可愛い手袋にそそぐ。　黄金の宝の黄金は汝の頰のなかの絵一個の天体一個の符号白熊OUI

　湖の上の七つの完全な自然よ波紋の肋骨の動物に跨った無限の太陽の艶麗な胸は彼らの習慣のとおりに花を挿している。　雲に包まれた雷鳴の秘密の心臓の美神はさぼてんの花に姻戚関係。　ぼくの組んだ手の川の波、ぼくの牝鶏の声が一、紅玉であり、二、大理石である膝、窓から見える湖水の上の船の花、自然石である少年が地下水のような雲のしたの波のしたの鯉の幼児に叩頭する。　ぼくは急行列車のなかで宝石の野原である。　これは菜の花の空中。　祭礼の雲の菓子らよ、天降りせよ、微風の頰に吊りさがったボンボンボン……両頰の円形の湖水の上の鳥の彫像は永遠である。　陸上の水にうつった天の湖水の船、そのある化粧室の薔薇に扮したぼくは無限に背の高い水夫である。　紫陽花の記念像を白い急

の波が打壊わす最新の愛情。 雪の夢の文明が彼の妖精の指輪に出現する天使の卵形の寝室は水平線に青く繁っている。 妖精よ汝の妖精を愛せよ。

絶対への接吻

ぼくの黄金の爪の内部の瀧の飛沫に濡れた客間に襲来するひとりの純粋直観の女性。 彼女の指の上に光った金剛石が狩猟者に踏みこまれていたか否かをぼくは問わない。 彼女の水平であり同時に垂直である乳房は飽和した秤器のような衣服に包まれている。 蠟の国の天災を、彼女の仄かな髭が物語る。 彼女は時間を燃焼しつつある口紅の鏡玉の前後左右を動いている。 人称の秘密。 時の感覚。 おお時間の痕跡はぼくの正六面体の室内を雪のように激変せしめる。 すべり落された貉の毛皮のなかに発生する光の寝台。 彼女の気絶は永遠の卵形をなしている。 水陸混同の美しい遊戯は間もなく終焉に近づくだろう。 乾燥した星が朝食の皿で轟々と音を立てているだろう。 海の要素等がやがて本棚のなかへ忍びこんでしまうだろう。 やがて三直線からなる海が、ぼくの掌のなかで疾駆するだろう。 彼女の総体は、賽の目のように、あるときは白に、あるときは紫に変化する。 空の交接。 瞳のなかの蟹の声、戸棚のなかの虹。 彼女の腕の中間部は、存在しない。 彼女が、美神のように、浸蝕されるのはひとつの瞬間のみである。彼女は熱風のなかの熱、鉄のなかの鉄。 しかし灰のなかの鳥類である彼女の歌。 彼女の首府にひとでが流れる。 彼女の彎曲部はレヴィアタンである。 彼女の胴は、相違の原野で、水銀の墓標が妊娠する焰の手紙、それは雲のあいだのように陰毛のあいだにある白昼ひとつの白昼の水準器である。 彼女の暴風。 彼女の伝説。彼女の営養。 彼女の靴下。 彼女の確証。 彼女の卵巣。 彼女の視覚。 彼女の意味。 彼女の犬歯。 無数の実例の出現は空から落下する無垢の飾窓のなかで偶然の遊戯をして遊ぶ。 コーンドビーフの虹色の火花。チーズの鏡の公有権。 婦人帽の死。 パンのなかの希臘神殿の群れ。 霊魂の喧騒が死ぬとき、すべての物質は飽和した鞄を携えて旅行するだろうか誰がそれに答えることができよう。　彼女の精液のなかの真紅の星は不可溶性である。　風が彼女の緑色の衣服（それは古い奇蹟のようにぼくの記憶をよびおこす）を捕えたように、空間は緑色の花であった。　彼女の判断は時間のような痕跡をぼくの唇の上に残してゆく。　なぜそれが恋であったのか？　青い襟の支那人が扉を叩いたとき、単純に無名の無知がぼくの指を引っぱった。　すべては氾濫していた。　すべては歌っていた。　無上の歓喜は未踏地の茶殻の上で夜光虫のように光っていた……　(sans date)

地上の星

I

鳥、千の鳥たちは
眼を閉じ眼をひらく
鳥たちは
樹木のあいだにくるしむ。

真紅の鳥と真紅の星は闘い
ぼくの皮膚を傷つける
ぼくの声は裂けるだろう
ぼくは発狂する
ぼくは熟睡する。

鳥の卵に孵った蝶のように
ぼくは土の上に虹を書く
脈膊が星から聴こえるように
ぼくは恋人の胸に頬を埋める。

II

耳のなかの空の
ぼくは星の俘虜のように
女の膝に
狂った星を埋めた。

忘れられた星
ぼくはそれを呼ぶことができない
或る晴れた日に
ぼくは女にそれをたずねるだろう
闇のなかから新しい星が
ぼくにそれを約束する。
美しい地球儀の子供のように
女は昏の鏡で
ぼくを　ぼくの昏の星を捕える
ぼくたちはすべてを失う
樹がすべてを失うように
星がすべてを失うように
歌がすべてを失うように。

ぼくは左手で詩を書いた
ぼくは雷のように女の上に落ちた。

手の無数の雪が
二人の孤独を
手の無数の噴水が
二人の歓喜を
無限の野のなかで
頰の花束は
船出する。

Ⅲ

鳥たちはぼくたちをくるしくした
星たちはぼくたちをくるしくした
光のコップたちは転がっていた
盲目の鳥たちは光の網をくぐる
無数の光る毛髪
それは牢獄に似た
白痴の手紙である。

白いフリジアの牢獄は
やがて発火するだろう
そして涙のように
消えるだろう。

Ⅳ

鳥たちは世界を暖めた
ぼくの下の女は眼を閉じている
ぼくの下の女は眼を閉じている
鳥たちはぼくたちに緑の牧場をもってくる。

彼女の肥えた牡牛のような眼蓋は
こがね色に濡れている
レダのように　聖な白百合のように
彼女の股は空虚である
ぼくはそこに乞食が物を乞うのをさえ見た
あらゆる悪事が浮遊していた
ぼくは純白な円筒形を動かすことができる。
仏陀は死んだ。

Ⅴ

闇のように青空は刻々に近づく
ぼくは彼女の真珠をひとつひとつ離してゆく
ぼくたちは飛行機のように興奮し
魚のように悲しむ
ぼくたちは地上のひとつの星のように
ひとつである
ぼくの精液は白い鳩のように羽搏く
ぼくは西蔵の寺のように古い詩を書く
そしてそれを八つ裂きにする
ぼくは詩を書く
ぼくは詩を書く
そしてそれを八つ裂きにする
それは赤いバラのように匂った
それはガソリンのように匂った。

氷のように曇った彼女の頬が見える
花のように曇った彼女の陰部が見える
そして鳥たちは永遠に
風のなかに住むだろう
狂った岩石のように。

盲目の鳥たちは光の網を潜る。

岩石は笑った

狂った世紀の墓標のための
鉄の帽子湧きでたためしのない噴水塔は
蝶の幽霊揚げられたためしのない幕を
狂った歌を叫びながら追ってゆく
壊われた夕闇みの貝殻のなかの
若い女たちの頬のえくぼを踏みにじった人間たちは
彼らの自由永遠に濡れない海綿停まった振子正四面体の
　心臓をもつ
裂けた真夜中に裂けた犠牲たちに
人間の脳は沸きたつ花瓶となる
猿たち共同墓地
乾いたパン屑不完全な家具貝殻のカフェは沸きたつ
星は太陽と交接する紫色の精液それは広漠たる明星網膜
　の公園

闇の爆音のなかにひとつの偉大な夕顔がひらく奇妙な髭
　男が笑う
夢の室内に星の破片と卓子の破片とで
巨大な女は巨大な匙で組みたてる地球美しい花飾り
時の不可分の瞬間に
蹄の音がするてのひらの電波落葉の手袋手袋の優しい風
蹄は日光の石を粉砕して
埃のなかに無数の不眠の鳥たちを追放する
記憶はけむりの猫を生み
それは突然な無関心な男ひとりの男の指輪一挺の水晶拳
　銃は
両国橋の下とぼくの寝床白い布の下とに
ひとつの運命を狙う
扉から投げられる広告紙朝の波紋から
断髪の女は白象と一緒に
ぼくの歯ブラシの上に落ちる
悲しげな朝の
長い旅行古代からの旅行の不調和な影像たち石礆無効切
　符首府の夜景

美釘の抜けた美通り魔の解剖図
それは風の小便にほかならない
ゴム輪が鳥たちの衣服になれば
闇のなかの鳥たちはぼくの睫毛となる
微かな不思議な条件が宇宙の決意から
理髪師の小器用な小指の上に輝いている
指のピラミッドの上の春の太陽
誰も想像しえないで
夢の特急列車はえにしだの上を走る
誰も探りえないで
牝牛は足跡にひとつひとつの真珠を残す
法衣はいま激烈な小便で酩酊している
雨白い雨は百合の花茎を膨らませ
妊娠した聖母は排気鐘のなかで他愛なく眠る
長い夢の鳥の尾は明滅する
すべての朝は星の呼鈴を押す
すべての朝は自分で自分を洗う
すべての顔すべての空に自由の水が流れる
雨たちの指が二十日鼠の指に似るとき

ぼくはぼくのシャツの星のボタンを掛ける
ぼくはぼくの耳が偉大な想像の瀧の薔薇を聴くために
千年一度の形体であるとき
河のように流れる
大象徴の前にタブーの大旅行鞄の前に
疲れて投げだした巨大な足の溜息巨大な自由の通風筒が
　数える
秒音音楽的な秒音
さて真夜中の譫語太陽のスカートは永遠に凋まない

遮られない休息

跡絶えない翅の
幼い蛾は夜の巨大な瓶の重さに堪えている
かりそめの白い胸像は雪の記憶に凍えている

風たちは痩せた小枝にとまって貧しい光に慣れている
すべて
ことりともしない丘の上の球形の鏡

睡魔

ランプの中の噴水、噴水の中の仔牛、仔牛の中の蠟燭、
　蠟燭の中の噴水、噴水の中のランプ
私は寝床の中で奇妙な昆虫の軌跡を追っていた
そして瞼の近くで深い記憶の淵に落ちこんだ
忘れ難い顔のような
真珠母の地獄の中へ
私は手をかざしさえすればいい
小鳥は歌い出しさえすればいい
地下には澄んだ水が流れている

卵形の車輪は
遠い森の紫の小筐に眠っていた
夢は小石の中に隠れた

妖精の距離

うつくしい歯は樹がくれに歌った
形のいい耳は雲間にあった
玉虫色の爪は水にまじった
脱ぎすてた小石
すべてが足跡のように
そよ風さえ
傾いた椅子の中に失われた
麦畑の中の扉の発狂
空気のラビリンス
そこには一枚のカードもない
そこには一つのコップもない
欲望の楽器のように

ひとすじの奇妙な線で貫かれていた
それは辛うじて小鳥の表情に似ていた
それは死の浮標のように
春の風に棲まるだろう
それは辛うじて小鳥の均衡に似ていた

北園克衛

水晶質の客観
FILM ABSTRAIT

軽金属の頸とその眼球の紫の瓦斯

水晶の頰が思はずほつと紫色になると　天空に黄色い円錐が現れた　君は　なんだ　いつたい　なんだ！　すると純白の硝子棚が庭園の方へ出て行つてしまひます　金属の窓をあけて夏の海洋に輝くホテルを眺めてごらん純白のホテルを見てごらんよ！　とつぜんに空間が破れて直線の下を緑色の猫が通過した

水晶の踵の尖つた明白な襟飾の少年

飛行眼鏡を懸けた踊子よ　あなたは蛍色の抛物線に跨つて　Me aphysiche Anfangsgründe der Naturwissenschaft　といふ歌を歌ふ　見ると　直線や曲線だらけの空

間の底で　メエデエか一群のピストンになつて動いてゐた

金属の縞ある少年と黄色い手術室の環

ある極限に来ると逆にぶらさがつてしまつた　弾条のほぐれるのはまもなくです　それから額帯鏡のやうなもので黄色い円錐を求めながら　スポイトのやうなもので蛍色の限界を静かに吸ひはじめた

聡明な鉛の魚　またはフラスコの中の曲線

円錐曲線をはづせ　すると純白の猿が孔雀色の眼鏡を静かに懸け　水晶のパラシュットに乗つてビヤホオルのかなたに消えてしまふ

硝子のリボンを頸に巻いた美少年の水晶の乳房とそのおびただしい階段

見よ　蝸牛色の空間がねぢれて　ちぎれて　とんでしまつた　すると全く液体になつた方向から黄金色の縞ある恋人が　聡明な額の環をみせてプロセニアムに滑りだして来た

望遠鏡地帯の軟かな機械の影

いちどあの水晶の細い長い階段を降りて行つてみるがよい　物理学的のストラタスの中からいかに純白の円錐をきどつてウルトラ　バイオレット　レエが素足のまま現れて来るか　ふつと消えてしまつた

水晶の釦の下つた少年のステッキまたは眼鏡

踊れ　軽金属の眼球の流行児よ　そのとき僕は　Laibnitii opera philosophica　といふ書物を抱へ　水晶のパラシウトに乗つて忽ち透明になつた空間の中を純白の立体市街に向つて垂直に落ちてゆく

あるひは硝子のパラソルをさした少年の散歩

望遠鏡空間が怠けて楕円形になり　2角形になり　抛物線になり　溶けてしまつた　無色透明の美少年が水晶のパイプを啣へて暗箱の中に現はれて来る　こんにちは私の美しい白い写真師！　写真師はプラットフオオムの

黄色い椅子に居る

透明な少年の透明な少年の影

愛する少年よ　天空に輝く針金を伝つて永遠の海のアクロバアトを眺めよ　夢は　夢は光る車輪といつしよにあなたの薔薇と建築を　夏の砂礫の中に運んで行く　愛する少年よ　醒めよ　そして吸取紙の中に　またインクの瓶の中に死のごとく輝く微笑をもつて快速力の海を殺害せよ

フラスコの中の少年の死

いきなり壁のやうなものに衝突した　そしてぶらさがつたが　瞬間に落ちてしまつた

omitted

LA SOURCE

炎える地方の炎える樹木はあらゆる章魚を消却するであらう　炎える地方の炎える人類はあらゆる章魚を消却する　非常に紫の円体の如く震動する漂流すべき光体　あるひは際限もなく上昇する踊子への非常なるアルコオルのパラソルの如き紫の波浪への捕鯨船としての幻想であるのか？　あるひは夥しい紫の環を潜つて上昇して空中の踊子を炸裂することの脳髄を炎やす紫のことであるか？　海の夕暮れの怨恨の如く紫の煙突をならべ円熟せるソテツの如き硝子体の中へ殺到して紫の記憶を分娩するのであるか？　吾が紫の脆弱なる亀よ！　その網への溶解すべき電光としての乱酔の如く紫の鳥ら葡萄らの熟れる天国の時間に絶大なる空洞の海に向つて腰をゆり妖艶の砂漠をかたむける幻の花と神とをもつた実に堂堂たる紫の秘密の娘のやうに

LA VANNE

夏の旋風の如く　斯の如き華美なる紫の潮流の上に　白い疾走する線を浮かばせて跨つた　乱酔と火焔の非常なる息子　紫の如く想像は夥しい汎濫を生む　炎える風琴手の紅い面紗を掠めて全く可憐なる想像の如く机の下の唇科植物を肉感の嘘偽として揺る青き猫の如き TABOU（禁制体）非常にこの TABOU への妖艶なる聖歌　または TOTEM（禁制令）の如く溶解の献身的なる魅力のなかに半透明の悪魔の如く沈没する紫の亀を狙ふであるか？　個人的には夏の明月の周囲に葡萄の如き紫の循環を完了して最早や理念の如く明晰なるオペラの海の磨かれたる夥しい駝鳥　あるひは全く変質せるオペレットの旺盛なる想像の栄華を聴く　その非常なる TELESC-OPE（海望鏡）に於て無限に可能なる漂流の朗朗たる神秘のやうに

春山行夫

ALBUM （白い少女）

白い少女　白い少女　白い少女　白い少女　白い少女　白い少女
白い少女　白い少女　白い少女　白い少女　白い少女　白い少女
白い少女　白い少女　白い少女　白い少女　白い少女　白い少女
白い少女　白い少女　白い少女　白い少女　白い少女　白い少女
白い少女　白い少女　白い少女　白い少女　白い少女　白い少女
白い少女　白い少女　白い少女　白い少女　白い少女　白い少女
白い少女　白い少女　白い少女　白い少女　白い少女　白い少女
白い少女　白い少女　白い少女　白い少女　白い少女　白い少女
白い少女　白い少女　白い少女　白い少女　白い少女　白い少女
白い少女　白い少女　白い少女　白い少女　白い少女　白い少女
白い少女　白い少女　白い少女　白い少女　白い少女　白い少女
白い少女　白い少女　白い少女　白い少女　白い少女　白い少女
白い少女　白い少女　白い少女　白い少女　白い少女　白い少女
白い少女　白い少女　白い少女　白い少女　白い少女　白い少女

ALBUM（澱んだ運河）

澱んだ運河に材木がうつつて、そこにも材木が浮いてゐる。縦横に計算せられた鉄橋の桁。圧縮せられた空間に、更に多くの橋桁。橋桁のなかの橋桁。川に沿つて貨物列車がでてくる。警笛が鳴る。しかし誰ひとりゐない。そして澱んだ水も動かない。犬が一匹。鉄橋の鎖された黒い籠のなかに現像される。場末はわたしを倦ませる。十二月の日暮、没（き）える太陽（ひ）は投げられた石よりも迅（はや）い。わたしは草の枯れた崖の下を歩く。

Georgica

薔薇園ノ薔薇ガ注意スル
毛布ノ少女ガ鏡ニ泳グ
微風ガ門ヲ走ツテ草ニ沈ム
従ツテ木ノ前ニ湖ガ稀デアル
コトハ何等不完全デナイ
ジャスミンノ涼シイ根ニ睡ル
フランパンニ魚ガ二ツダケシカナイ
時ニ食物ハ買ハネバ足リナイ
五ツノ雀ガ二銭デ売ラレル
森ハ青イ壜ノ空ニ向ツテ咲ク
バタ色ノ杖ニ蛇ヲ見セル
低イ雲ノ網ノナカニトンデヰル
ソノ果実ニヨツテ気取ル
農夫ハ甚ダ泳ギガ旨イ
銀ノボタンヲ美シクスル
メタルノ種類程多イ
プラタヌスノ樹ノ下デ考ヘル
波ノ畑カラ彼ノ牝牛ヲ見ル
影デ一杯ノ庭園ヲ散歩スル
雨ガ小奇麗ナ軽石ニ跨ガル
ベツニ恐ロシイ齟裂モナイ
葦間ノ大樹ガトビダス
傍ニ弓形ノ小川ガ流レル
コトハ無用ニ代ル有用デアル

コトガ有用ニ教ヘラレル
荊棘ノ叢林ノナカデ話スカ
子供ハ振子ノヤウニ落チル
三階ノ寝台ノ番号ヲ拾フ
老人ハ蓮沼ノヤウニ打タレル
繃帯ノウエノコツプヲ夢ミテヰタ
キャベツヲ運ブ樫ノ毛髪ヨ
幻ノ花ヲ投ゲテ林間ヲサマヨヒ
ウツロフ水ニ嘆ク汝ノ身ノ果敢ナサ
彼ノ天幕ヲ縞ノヤウニ着ル
乞食ハ叫ンデチヨッキヲ脱グ
真黒ナ牧場ノ胴ガ細イノヲ発見スル
噴水ガ短イ距離ヲ往復スル
風ノ鞭ヲ避ケテ脚ヲ空ニ颺ゲル
顕花植物ハ憂鬱デアルカ
花粉ニ夕暮ヲ物語ル
雲ハ銅像ノ上ニ滑ツテヰル
妊婦等ニ来ル睡眠ノゴトク
桶ノヤウニ狭イテエブルニ乗ル

白鳥等ハエバノ後ニ造ラレタトイフ
漁夫等ガレンガノ鉱脈カラ上ツテクル
恋人ト話シタコトガ屋上ニ拡ガル
海藻ヲタタイテ鳥ヲ追ヒ出ス
水路ノ砂丘ニ露台ヲ発見スル
磁石ノ白色ニナニモノモ関係シナイ
婦女ハタダ風速ダケヲ楽シム
屋上庭園ノスミレニ似ル
大キナ風見ハ人ノ心ヲ働カセル
感情ハ感情的ナハムニ似テヰル
約束ハ錨ヨリモ重ク取扱ハレル
尺度（ハカリ）ハ空想ノゴトク最モ安価デアル
既ニ計量サレタエプロンニ捨テラレル
舌ニ彼ハ何ヲ置イタカ
涸キノタメニ屢ゝ水ヲ飲ム
心臓カラ死ンダ蛍ガトビデル
コツプガ雨ヲ吸込ンデ音ヲ生ジナイ
珊瑚礁ノ悪イ癖ニ悩ム
コトハ神ノ恩寵ニカナハナイ

ガ荊棘ト薊ガデテキタラ
ランプノ灯トトモニ消サレル
太陽ノ亜鉛ノ断片ガ
松ノ木ノ背後ニカクレル
堂母（ドーム）ニ鸛ガヰルノハ隠セナイ
コトハ鼻眼鏡デ見エナイカ
アルプスノ模型ハ衛生的デアル
天文学ノ雰囲気ヲ承認スル
肖像ノ美ガ剪ラレル
沼沢ノ蛇腹ハ散文的ニ唄フ
地ニ落チタ一粒ノ麦ガ死ンダラ
穀倉一杯ノ石膏トナルニカカハラズ
剪ラレタ枝ハ枯レルニ従ツテ
一脚ノ椅子ニ重ネラレルコトハ
植物ノ初歩ノ職業的蓋然性デアルガ
農夫等ハ蘚苔ノヤウニ村ヲ見ル
ノミデ厚紙ノ上ヲトンデヰル眼球ノ
アマリニリズムニ乏シイ枠デアル
一個ノ地球儀ノ小ナルコトヲ鳥瞰シナイ

月光ハ砂浜ニアツテ何ヲ嘆クカ
風ニソヨグ葦ノ不死デアルカ
立琴ヲカキナラス百合デアルカ
視ヨ　彼等ノ農具ニ看視サレテヰル
青銅ノラッパヲ吹ク紀念碑ニ
走リ出タ女ガ何モノモ見ナイ
夜ガ鐘ノヤウニ通過スル
広場ノ中央カラ拾ツテキタ
汝ノ過去ハ当ツテヰルトイフベキダ
長春藤ガ屋根ノ勾配ヲ気ニシナイ
巨大ナ天ノ落葉ヲ欲スル
センチメンタルナ回帰線ガ見エル
大キナ広間ニ金ト銀ノコップガアル
ノミナラズ木ト陶器ノコップヲモ備ヘテヰル
机ノ花束ノ藪ニ黎明ガクル
音楽ハ紫色ノ楽園ニ消エル
灌木ノ色彩ヲ変エル暴風ニヨツテ
法律家等ハコンパスヲ発明シ
天ノ植物ト海辺ノ星トヲ数ヘルニ

エピックナ遠近法ヲ利用スル
晩餐ハ何処ヲ横断スルカ
パンノ一片ニ雲ノ方向ヲ語ル
拡ガツタオランダ苺ノ胸ハ
土ニ対シテソノ根ヲ喋言ル
少量ノ貝殻ガソノ全円ニフクレル
コトハ美学ノ発展ニ何モノモ貢献シナイ
ガ時ニ形カハリテ娼婦ノ肢（エダ）トナリ
詩学者ニ論理以外ノモノヲ暗示スル時
一ツノ肢（エダ）苦シメバ他ノ肢（エダ）モマタ苦シイ
トイフ詩人ノ感動ハ橋ノ如ク去勢サレル
堅実ナ香水店ノ前デ歌フ海洋ノ
靴下ニゴルフノ線ガ縫ハレル
一本ノ梨ノ木ガ梨ノ木デアル
彼ノ隣人ヲ梨ノ木ト呼ブ
コトハ麦畑ニ空間ヲ発見シタ
少年ノ認識ヨリモ可憐デアル
自然ノ彼方ノモノ即チ象徴デアル
何人モ燈火ヲトモシテ穴蔵ノ中

或ヒハ升マタハ寝台ノシタニ置カナイ
海泡ハ鳴ノ活動ヲ見ル
巴旦杏ハ無邪気ナモノデアル
レモンノ葉蔭ノテエブルノゴトク
キタラヲ持ツ少女ノゴトク
太陽ノ白墨ノナカヲ駈ケル
神ノ溜息ニ感謝スル
眼球カラ小鳥ガ囀ルトコロノ
青銅ノ装飾ニ落下スル
小鳥ノ影ヲクルミガ壊ス
悪イ果ヲ結ブヨイ樹ハナイ
ヨイ果ヲ結ブ悪イ樹ハナイ
薬ニ必要ナ楕円形ノ概念デ
茨カラ粘土ノ怒濤ハ飛バナイ
野苣（ノヂシャ）カラ牝牛ハ鳴ケナイ
五月ノテラスデ睡ル
林檎酒ノナカノ日光ハ有効デアルカ
茨ノナカニカクレタ花粉ハ
茨ガ生エテコレヲ塞グ

情緒ノタメニ鵝鳥ヲ殺ス
壜ノゴトク洞穴ニカクレル夜
人馴レタダリヤガ直ニ凋ム
ブランコノウエカラ見エル湖水ハ
窓硝子ノヤウニガタガタスル
蒸溜器ニ薔薇ヲ植エル
城壁ハ黒鉛ノ雞冠デアル
星ノ永遠ヲ射ツ厩舎ハ
アヴェニユノ正午ニ似テヰル
黄色ツポイ偽善ノ水溜リデ
大理石ノパン種ガ発火シナイ
朝ノ雨ガ降ルコップニ磨カレテヰル
令嬢ノ聖歌トナンノ関係モナイ
気象ノ噴水ヲ下ゲル
外海ハ孤独ナ皿デナイ
絹ノコルセツトヲ着ケテヰル
美シイ日影ガピアノヲ押シテミル
屋根ノウエノ夕暮ハヂキニ消エウセル
少女ガ水晶ノ露ヲ摘ム

天国デ天使ハ歌フコトガデキル
天ニアルモノ地ニアルモノ
清新ナアマリリスノ沸騰デアル
犬ヲ慎シメ悪ヲ行フ者ヲ慎シメ
寓話的ナソナチイヌニ於テ
斧ハ斧デアルゴトク
掟ハ掟トハナラナイ
自ラノ羞恥ヲ光栄トスル者ハ
只世ノコトノミヲ惟フ耳アリテ
聴ユルトキハ聴ケ
ソレ選バレル者ハ多イト雖モ
世界ハ君等ノタメニ起キ上ラナイ
スペインハ余リニ突然ナ殴打デアル
定ツタ形ヲシテ定ツタ風ニ並ベラレ
夕石ガ唯一ノ偶然ノ根柢デアリ
入リコンダ道ガ丘ヲ廻ツテ終ニ
発見ニ達スルガゴトク単純デアル
ガ天頂カラ駈ケテクル魂
ニ理解サレタ形承ノミヲ単ニ

月光ニ繰返サセルヘリオスヲ
自然ト呼ンデミルニ過ギナイ
モノハ何等芸術ト呼ベナイ
河底ヲ望ム永遠ナル旅行者ニ
変化ヲ得ルコトハ不可能デアルカ
彩色サレタ植物ノ影像ニ
延長サレタ理性的ナ譬喩ノ
可能性ニツイテ完全ノ花ガ奏デル
ニ不可欠ナ推理力ハ静謐ナモノデアル
枝ヲスカサレタ許リノ杉ノ枝間カラ
一段低イ隣リノ庭園ノ白イ温室ガ見エル
園丁ガ霧ニ曇ツタ硝子扉ヲ内側カラ
押シアケテソレヲ再ビ閉メ
一輪ノ蘭ヲ捧ゲテ神秘劇ノ
無言ノ副人物ノヤウニ通リスギル
硝子ノ内部ニハ淡紅ト淡緑トノ
ボンヤリシタ葉ガ見エル
彼ハソレヲ唯視覚ノ上ダケデ見タ
トイフヤウナ牧歌的ナ博物史ノ
世界カラ君等ハ逃レネバナラナイ
ニモ拘ハラズ人々ハ目的ナクソコヘ行ク
秣ガ刈ラレル礼拝堂ニサヨナラ
美シイ令嬢ニサヨナラ
暗イ雪ノ優美ナ音楽デアル
胸ノ森ニ張ラレタ絹糸ノ
危険ノナイ係蹄ニ睡レ
農業ハ幸福デアル木ニ近イ
人間ハ雲ノ中デ遊ンデヰル
手ヲ拡ゲタ籠ヲ夢ミヨ
葡萄ノ収穫ハ終ツタノデアル

POÉSIE

豊かな蜜蜂に犬が最初に吠えるコリントスに於ける偶然の論理の発生は不在の承諾を導く馳せ来る牧草を咎める運動を仕遂げることは全然意味のない驟雨の解剖である瞬間の描写であるサヨナラを象徴する器具を賞翫する

機微な仕事に饑える雲母は恐ろしい孔雀を愛するアフリカの年齢は重い籠を愉快にするアルキビアデスは悲劇的な位置を占有する羽翼を助ける風の食料に点灯する霊魂の感傷である海軍将官の遊戯は驢馬と天国を天使に贈る誕生日の指環に気が付く樹木に属する群島に近接するアジア人の到着が円く発音する通貨を支へる工場に腰をかける天文学の雰囲気は美しい空気を待つホテルに悲しむ黎明の秋の雨が降る事件を知らせる沼を打つ牧人が下りる風船玉が流れる鉄格子の船舶に必要なる家畜の獣乳のバタは有害である白色の麦に負傷する北風に飲む牛の墻の森林に跳躍するアンチゴオネの長靴の一辺に雄山羊の口が終る売肉店のパンに輝く一本の花束の藪が机の騒がしい音響の枝の腕を捕捉する蓋然的な特性は小屋に隠れた長石の寝台の手帳に適当なる麻疹を愛撫する窓硝子の厚紙を張る穏かな海岸の側に色の曲つたコップに就て談ずる穴蔵を譲る蕈の変化する暑気が止まる畑に椅子は歌ふ炭の任務を促がす猫は長い道路を担ふ樫の髪を選ぶキャベツを捜す城の煙突は心臓の隅の気候を泳ぐ鳩の首環を彩色する小丘の商業に便利な犯人を了解する板壁を見る普通の犬が走るがごとく自然的なものは植物の分類法を指揮する夕暮を数へるに足りない休暇の白墨を掩ふ頭蓋の鉤なりの十字架を焼く耕作人が生長する羅紗の損害が減少する肘の曲線は短い牡鶏に反射する臥床に流れる貝殻の恐怖を叫ぶ重罪の貴婦人の眼に温和である危険を掘る失望の梯子を防禦する発見の固有な訓戒を迷はす元素の事故を記録するインキ壺を妨げる厩舎を養育する効力を照す昼間を叙述する食事時を経過する教会堂を抱く水の香気を区別する壁面に微笑する小児が驚く星を欲する巨大な天空の堅い葉を疲らせる絶望的な計画に黙従してゐる荷物の底に逃亡する退屈に酔う費用を遠慮する夕バコの花が咲くフランスの新鮮なチイズが枯れる樹蔭の不幸な池に流れる穴が変形する過程に似る民族に出会ふ蓮が震へる天幕がある屋根が迂回する塔を使用する地球を保つ砂漠を横断する切符を確かめる上部の砂糖に喜ぶ晩食を希望する水源の鼹鼠(もぐら)を助ける運命を祝福する種々なる差異を顕はす価値が落ちる波の順番に成功する黒板の傾斜に沈黙する有効な鞣皮を持つ仕立屋の名義を求める視覚を訪問することはすべて理解せんと欲する道徳的

な因果関係を誤る葡萄酒を盗まれる垂直な真理を啄く家禽が来る中庭に声がする都会に旅行する徳のない老人が生活するガラス張りの帆前船がのつてゐるピアノの腕に落ちる物体の影の長さのごとく神秘である菫が閉される日常の意識に関するパウサニヤスの個人的な感情が谷間の傲慢な袋に収められる小河の露にぬれる薔薇を模倣する古典的な姉妹を看護する絹の太陽は陰鬱である秘密に赴く宗教が伝播する事実の解体を注意する正直な仮説に感心する学者の感情を握る貴族の地位を提供する野蛮人が遁れる最後の意味がある塩を収穫する窓掛が笑ふ復習を拡げる兵卒が注視する緑色の梨の木は愚かである対照とならない馬鈴薯の尾を離れない農夫の諺になる性質を貯へる葉が繁る花が咲く準備をする能力に先立つ現象は強力である理性の分量を清潔にする糞の聴官に碇泊する裸体の雲よりも薄弱である夜を遍歴する郵便船に蝶がとまる胡桃が滞在する時計は不幸である黒い大洋の物思ひを沈める物体に似た肢体は軽い家具の単調な工芸を楽しむ畑に投げられる技師の意志が想像する不快な歴史は黄色い植物標本を冬に手入れする生籬に感謝する昆虫の習

癖を凍らせる叡智の内部に眼醒める蘆の経験を羨む石炭を産出する百合は瀟洒である重力は淡紫色の音律を振動する運動を破壊する分離の過程を完成する放逸な苔蘚は軽挑である鱗を水平に浮べる語彙は恐ろしく単純になる日出を脱走する烈風の挙動を緩める土地に後退する詐欺師は拙劣である韮の放血具を撰択する風下に風除けがある欠点を看破する扉は博学である鉛色の通路を塞ぐ肥料の傾斜を傷ける牧歌調に従ふ長剣を記憶する鋭敏な空間に身を滑らす石板が横はる等素朴なる批評を讃称する牧草地のバネは無性のヴァイオリンから洩れる怠惰な砥石を消費する感覚の悪い鳥が卵を生む患部を洗滌する芝生に顚落した雲が整列する花粉に視えない鞭がヒラめく園庭術に疲れた小径に凋むナイフに劈かれる女地主の目標に蟹がとまつてゐる睑乳器の礁湖が汁液を通じる青蒿の空隙を結ぶレエスが日光に貼られる一枚の紙に悩む実験室が動揺する凸凹ある婦人帽に瘤を知らない木球がブッツかる飲料水が錠前の単純な半径を自慢する石膏の謙遜な切片を調べる苗床の除草機の上下動を考へる鎮静剤の安全を信頼する不動産が斧を恐れる解剖台に断面が展げ

られる方眼紙の上の定規は無感覚である精神を爽快にする大砲検査官が海港の燕を見上げてから出てゆく瘢痕ある水兵は灯台を探索する季節風にシャツを乾す海に囲まれた海神のスカァトにかくれる人魚は海泡を鞣す壊血病の狐は鱒を窺ふ皮垢だらけの収炭器が疾走する艙口の彫刻に躊躇する螺旋を捻ぢてゐる推進機の早書きが掃蕩される提灯を点した保砦が光る影の分裂を女教師が教室でノオトする水平線に散歩してゐる背景画家は背後を顧返る写景術の段接法を臆病に利用するエウクレイデエスの少量の見本を略図する数学に感情を害する長椅子を追求する乞食は賤しむべき膀胱を愛する報酬を望まない饒舌な風車は破損した屋根窓で徒らに暮してゐる真鍮の壺の表面を飾る鸚鵡は截り枝に挨拶する園丁を笑はせる骰子が緩かに砂の上に転つたのを知らない馬車を輓く馬は二頭で散漫な競馬場へ急ぐ繊維ある綿は即座に伸ばされる線の如く伸びる正確なる水先案内の論理を告訴する対数に苦心する験速器の留金が移動する高尚なる談話の行はれる水閘に人または物が群集する酒店のサボテンに航海日誌は置場所を指定されてゐる告別曲の哀別に染まる鉛色の沿海地の農業は岩石の間の僅少の平地に行はれる円滑な霊感によつて本来の法則性を精算される魔術の近づき難い未知を体験する温室の聡明な張出窓で巴旦杏が香らないオルガンの顚覆を支へてゐる鶩の器官は空想的である赤砂糖の敬虔なその日暮しの状態に気を揉む毛糸の人形を眺める老犬は年輪の周囲を攀ぢる影像に絶望する倫理を歌ふ形容できない伝統を解脱する犠牲を前提とする魂の底を流れる詩学は精神を愛する近代人の苦悶に慰められる叙事詩の優秀な陰影である花のやうに美しく微妙な快楽の一形式たる驚異を目的とする調和ある夢の秩序によつて更新される崇高な小曲を繰返す月光に涙をこぼす喜劇団が植民地に向ふ海岸線は長い避雷針に捲きつく寄生木に妨害される抛物線の曲線を遊禽類が辿るのは静謐なものである泥沼に生えた棕櫚に驚く石盤色の外堡に酸素を凝集するテレスコォプに落着き払つて赤道を畳みこむ地球は適度を失しない暴風を携帯する無飾の貝殻から簡単なヴィナスがトビだす雪は広告にならない奇蹟は神学者の憂鬱に感じられるのみである半獣半人のフォウンのごときは何ものにも変化しない無邪気なビスケッ

トの模様である匙は種類が多い競技者のメタルを一周りする鬼薊の棘は古雅である貸間の窓に乾される縞木綿のコルセットを行儀よく並べるスペイン屋根の風見鶏がクリイム色の羽根に雨が降ることを知つてゐる墓地を厳粛なポンプが通過するエピキュリアンの伝説を気取るガラスの容器に天体が運動を試みる窪地の鳴が紫苑の繁みにかくれる芝生がある公園に公衆が歩いてゐる驢馬の胴が長すぎるのを発見する真黒な池が噴水を側に避ける僅かの距離を往復してカンヴァスを塗つてゐる画家は寒さのために青くなる愚かな職業を悲しんで点灯する点灯夫は涯のない階段を下りる牧師が天主に祈る窓硝子に名刺を貼つて外出する多数の者が好天気を望む河底の茱萸がよく香る寝台に裾をヒラヒラさせる壁布のなかに少女の透絵が横はつてゐるアルプス登山記が見える卓子に載つてゐる球根は円い頂点に芽が出る煙草の畑を走る狐が極微の波動にも音を立てる精巧な太陽を尊敬する犂の肋骨が軋るのを上の空で耳にする牡蠣の象徴に接吻するシュキオーンの駝鳥は羽毛を採集する方法を発見する蠟燭の灯が消えない日曜日の令嬢に通知するスプンの無智で銀色の家畜檻に叩頭する食卓のカレンダアの黄玉色の蛾に戯れる吸水器が友愛に署名する禁酒の要点を恢復する円筒は批難に埋れる肩掛の類に漸退する理性を誓はない蓋然性によつて追随される皮膚に走りながら夢を準備する隊商が恍惚たる籐椅子に睡る純粋の楽園は紫色である歴史の血に唄ふ粗暴な白人を祝福する干潟の習性は香料よりも狡猾である絶対的な主観にも拘らず若干の木理は波形に走る黴を破壊する忍耐はちつとも美しくない蛇程不撓な利益を知らない計算された手術を信仰する不透明なオパールに反対する故障は騒がしい蜘蛛の教訓を宣言する光学者のパンフレットは体質に合はない舞踏を表彰する蘭は肉叉の銀を羨む夜の天頂に駆けるバルコンに王冠がコロガツテゐる公園の管絃楽をきいてみる皮肉な青銅噴水が折れ曲つた支柱をうねらしてゐる棘に過ぎない気体を予備する屈折器は涼しい気温の下つた花弁を看視するヘリオスは単に詩的形態に過ぎないカルデアの星学の如きものである夏の太陽を消費する無能力な蝶番に回転する石膏の謙遜な半径の単純な切片を調べる鎮静剤に除草機が上下動する苗床の完全を信頼する飲料水にブッツ

かる木球の知らない瘤に凹凸ある婦人帽が動揺する実験室に悩む一枚の紙に貼られた月光にレエスを結ぶ空隙の青蒿に乳液が通じる礁湖が瞼乳器にとまつてゐる蟹が女地主を劈くナイフに疲れる園庭術は視えない鞭がヒラめく側面に整列する夕暮が芝生に顚落する患部を洗滌する鳥が卵を生む感覚の悪い砥石を浪費する怠惰なヴァイオリンから洩れる無性のバネは大きな地図の記憶としての文化の言語である牧草地に横はる石版が身を滑らす空間に鋭敏な長剣を記憶する牧歌調に従ふ傾斜を傷ける肥料を塞ぐ通路の鉛色の扉か博学を看破する風除けの欠点を風下で撰択する放血具の拙劣な韮は詐欺師の後退する土地に烈風の挙動を緩める日出を脱走する動機の方向が除去される語彙に浮上る水平な鱗の軽挑な苔蘚の放逸な分離の原始的な力を破壊する運動を振動する淡紫色の音律の重力は瀟洒な肖像である百合を産出する石炭を羨む蘆の経験を目醒ましめる叡智の内部の習癖を凍らせる昆虫に感謝する生籬に手入れする冬の植物標本は黄色い不快な歴史を想像する技師の意志が投げられる畑に工芸を楽しむ単調な家具の軽い肢体は物体に似た物思ひを沈める

大洋の黒い不幸な時計が滞在する胡桃にとまる蝶が遍歴する郵便船は夜の薄弱な雲の裸体に碇泊する薫の聴官を清潔にする理性の分量は強力である現象に先立つ能力を準備する花の咲く葉が繁る性質を貯へる農夫の諺になる馬鈴薯の尾を離れないアプリオリに確実な幻想に装飾されるエニイドの暴風の描写あるひはエトナの噴火に関係しない梨の木の緑を排斥する燕尾服に注意する兵卒が復習を拡げる窓掛を笑ふ塩の収穫が決して完成されない野蛮人を遁れる貴族の地位を提供する学者の感情を握る仮説に宣言する正直なる事実の解体を悲しむ宗教が伝播する陰鬱な秘密に赴く太陽の絹を看護する姉妹が古典的に模倣する薔薇が露にぬれる小川に収められる傲慢な谷間の袋が壮厳な平静の中に横はつてゐる完全な空間の精神は美しい物体の影の長さに等しいピアノの腕にのつてゐる帆前船がガラス張りで生活する貝よりも小さい都会に旅行する声がする中庭に家禽が来て啄く垂直な真理を飲む葡萄酒は深い驚きに於てその呼吸のあらゆる力を以てこの延長された創造の世界に浸透しこれを呪はうと企てる視覚を訪問する仕立屋の名義を求めるに有効である糅

皮に沈黙する黒板の傾斜が成功する波の順番は価値が落ちる種々なる差異を顕はす運命を祝福する髫児を助ける水源を熱望する晩食を喜ぶ砂糖の上部を確かめる切符を横断する砂漠を保つ地球を使用する塔を迂回する屋根の蓮が震える天幕がある民族に出逢ふ過程に似る変形する穴が流れる池は不幸である樹蔭にチイズが枯れる新鮮な仏蘭西の花が咲くタバコを喫む実用に酔ふ退屈が逃亡する荷物の底に黙従してゐる絶望的な企てを疲らせる巨大な天空の堅い葉を欲する小児が驚く星の微笑する壁面に香気を区別する水を抱く教会堂を経過する食事を叙述する昼間を照す効力を養育する厩舎を妨げるインキ壺の事故を迷はす元素の固有の訓戒の消滅の発見を防禦する梯子の失望を掘る温和な貴婦人の服は重罪を叫ぶ恐怖の貝殻を流す臥床に反対する牝鶏の曲線の肘は短い羅紗の損害を減少する耕作人の燃す十字架の鉤なりの野菜を掩ふ白墨に休暇を与へる夕焼を指揮する植物の分類法に似る自然的なものは犬が走る普通の板壁を見ることを了解する木綿の鳥打帽を彩色する丘は鳩のナプキンである気候の隅の心臓が城の煙突を捜すキャベツを選ぶ樫の毛髪を担ふ長い道路は技巧の任務を狩猟する炭が歌ふ畑の椅子に止まる暑気に変化する蕈に穴蔵を譲るコップに就て談ずる色の曲つた金庫の側に穏かな厚紙を貼る窓硝子に適当である手帳の文字が愛撫する籠の小石に隠れた小屋の偶然的な特性を捕捉する枝の腕の音楽は騒がしい机の花束の藪の一本のピンに輝く売肉店の雄山羊の口が終る長靴の一辺にアンチゴオネが跳躍する森林の壜から飲む牛は北風に負傷する白い麦に有害である獣乳のバタに必要な家畜は鉄格子の船舶に流れる風船玉が下りる牧人の捧げてゐる瓦斯燈に事件を知らせる秋の雨に進む黎明のホテルが悲しむ美しい空気を待つてゐる屈折器を予備する棘がうねつてゐる噴水の皮肉な青銅の支柱を折り曲げてゐる管絃楽をきいてゐる王冠がコロガッテゐる公園のバルコンに天頂から駆けてくる夜が肉叉の銀を羨む蘭を表彰する舞踏会はパンフレットの結論に合はない光学者の宣言する教訓に反対である蜘蛛を騒がせるオパールの不透明な信仰を手術する計算を知らない不撓な蛇は美しくない忍耐を破壊する黴を走らせる波形の木理の若干の主観にも拘らず絶対的に狡猾である香料の刷毛を祝福する

干潟の粗暴な血を吸ふ歴史は紫色の楽園を純粋にする藤椅子に睡る恍惚たる隊商の夢を伸ばす好学の士を満足させる蓋然性を知らない肩掛の岩に埋れる円筒が漸退する要点を恢復する石鹸で青く紡績された水を葦の管でラッパのやうに吹いてその水をいはば水泡の光源に変化させるところの子供の良心は燈心草をオリ曲げて唾液を塗るとできあがる鏡で太陽を捕へようとする耳の構造に羞恥する肋骨が軌るのを上の空で詩学者がホテルで結婚披露のオルガンを研究する犂を尊敬する青空は極微の波動にも精巧な音を立てる煙草の畑に芽を出す円い頂点の球根を卓子上にのせたアルプス登山記に横はつてゐる少女の透絵は壁布のなかに白く浮き出る寝台に香る茱萸は河底を望む好天気に多数の者が外出する窓硝子に名刺を貼る牧師は天主に祈り涯のない階段を下りる点灯夫は点灯するるのを悲しんで愚かな職業に青くなる寒さのために画家がカンヴァスに塗つてゐる路の僅かの距離を往復する噴水は真黒な池の胴が細いことを発見する驢馬が公衆の歩いてゐる公園の芝生にかくれる繁みの紫苑に鳴が運動を試みる天体の容器はガラスを気取る伝説のエピキュリアンの通過する瓜の球面は厳密である窪地の墓地に雨が降ることを知つてゐるクリイム色の風見鶏が行儀よく並んでゐるコルセットの縞木綿が乾される貸間の窓は古雅である薊の棘が一周りする競技者のメタルは種類が多い匙は無邪気なビスケットの模様であるギタラを持てるアポロンは黄金に輝く霊感によつて彩られた神学者の奇蹟に雪がトビだすのは広告にならない簡明なヴィナスは無飾の貝殻を携帯する適度に地球を失しない暴風は落付いて赤道を畳みこむテレスコォプの頭に赤い外堡の石盤は酸素を凝集する雑色である棕櫚を泥沼に植えるのは静謐なものである遊禽類が辿る曲線は抛物線である寄生木が妨害する避雷針を目標とする長い海岸線で植民地に向ふ喜劇団が涙をこぼす小曲の崇高性は月光に繰返される淋しい宝石の中に於ける聞えざる音楽として魂に取上げられる蠟燭は事物の相対的な空間を暗示するヘリオスの日光を否定する感情の数年は秒の中に失はれてゆく自然感情は無である倫理に絶望する影像に攀ぢる年輪の周囲を眺める老犬に気を揉む毛糸人形のその日暮しの状態にすぎない敬虔な赤砂糖の空想的な器官は鶯の憧憬を思はせる

張出窓のフルウトの音を支へてゐる巴旦杏が香らない温室の聡明な体験は未知な近づき難い魔術を精算する僅少な平地の岩石間の農業は沿海地の鉛色に染まる航海日誌の置場所である哀別の告別曲を指命する酒店の露台に群集する物又は人が水閘の談話を行ふ高尚な験速器に苦心する対数の正確である線のやうに伸びる綿が繊維を含む散漫な競馬場へ二頭の馬が馬車を挽く砂の上に緩かに転ぶ骰子に園丁が笑ふ截枝に挨拶する鸚鵡は真鍮の表面を飾る其日ぐらしの屋根窓の破損した風車の饒舌を望まない報酬を愛する膀胱は賤しむべき乞食に追縦する長椅子は数字に感情を害する少量の見本を略図する写真術を顧返る背景画家の散歩してゐる水平線をノオトする教室の女教師の影が分裂する堡砦の両側を挾む推進器の螺旋に躊躇する彫刻は艙口に疾走する収炭器の皮垢だらけの鱗を窺ふ狐は壊血病の海泡を鞣す人魚がかくれる海神のスカアトは海にかこまれるシァツを乾す季節風を探索する水兵が灯台の瘢痕を見上げてから出てゆく海港の燕は大砲検査官の技術を童話に取入れる旧い比喩を脱しない厚紙の上をとんでゐる雲の子供らしさを思はせる同じものを多く見たとて何になる然しながら花粉は夕暮に多くを物語る寂寞の岸に円柱が並ぶ質素な寓意が見棄られてゐる石膏と金属と金属製の器具が種板に撮つてある水面に映つた月光の如く活発である苔は鮮新である弾道を潜つて突進する鶴は北に向ふ氷点を磨く海は黒鉛である錘を下げてゐる牝牛はポオランド風の外套を被せられる石竹色の石竹を可憐に見る支那人がジャムを愛するクッションの上の靴下が白くない一脚の椅子に意味なく場所を占める電話機の発音は音楽をなさない影絵に蝶の一種を飛ばす顕花植物が不安定なシーソーの上に置かれてゐる仮髪はこはれ易い知覚の永続性がない石油瓦斯は気取つた真珠のやうな涙をながす唄手の器械的な歩行は動作に這入らない蟾蜍が鶯の声で啼く耳は緑色がよい樹の上にある真昼は半ば開くカフエの扉に鋸形の組枠を弄ぶ管理人か気がつく上品な女の仕草を馬鹿にする墻壁の切目から大熊星が見える居留地の空は低い地上を歩いてゐる諸威型の帆布は好奇心を唆る部屋着に黄水仙色の鹿が跳んでゐるセンチメンタルな記念碑は抒情的である湾を右手に見る日当りの悪い九月の庭で鋏の音がする白い家が並ん

でゐる町は山積された影である白い仔猫が広場を横切る縞はネクタイに似合ふシァツの上に青い血管が遊んでゐる地図に向つて少年が角笛を吹く気軽な心持で微笑する柘榴水に夕暮が沈む靴屋の店は桶のやうに狭い葉よりも少さいテエブルの上で海藻をたたいてゐる鳥を追ひ出す回帰線を工夫するカメラマンはその追憶に倦く一本の楢の木を賞讃する海色の繻子のうへの磁石を縫取る砂丘に露台を発見するガラス窓に黒い大きいランプがともる階段は急に鏡のなかにはいる静かな水路が周囲と調和した家具を映す薫つてゐる花のやうな秩序を持つてゐるフランネルはクリイム色である光を浴びてゐる藤椅子に植物がのつてゐる額が一つも見えないのは気持がよい歌を歌ひたい農夫が腸詰をフッて田舎道を散歩する空の雲はリボンのやうに結ばれるズボンを敷物にするデセェルをつくる少女はお祈りをすると胸が軽くなる月桂樹が草臥れる月に顔を向ける壁の湿つたところは憂鬱である真青な芝生は平面に刈込んである上品な植込みの下で雑誌を見てゐるなにもない部屋の卓の上の図面の赤い線が気味わるい花束の上に残してあるキスに触るのはよしたまへ空を打つ音楽に眠つた手巾に気圧計が重い人畜を事務的に取扱ふ黒人が屋上庭園に撒水する部署を固める珊瑚礁の悪い癖に悩む手工製品に解説をつける余白がない標的を避ける射手が事件を待つ堂母に鶴がゐるのは隠せない弔意を表示する論文を含む形式問題について数学者が研究する郵便を気にする言葉は雪に塗られるオリンプの捲毛をコッピイする遊星が松の木に隠れる友人の足をゆつくり眺めて自働電話を切る花屋のガラス扉にバナナが四つばかり並んでゐる野原の青いパイプの上で空間が耳を澄ます無拘束の状態である蝙蝠傘のなかへゴルフの線がマギレ込む過度の機智は手套を嫌ふ獅子の鬣は陶製であるあらゆる通覧の口絵が変形する長椅子に坐つてゐる韻律の効果は物尺の概念を紛糾する描写はホラテウスを拗からず昂奮させる古典に純粋なギタラを捧げる公爵と同一の象徴的な意味で取扱はれる遊戯的浅薄性の背景は限定された地平線を偶然と見做すケンタウロスの肺から一匹の蛍がとび出すピンで飾つた王冠を喜ぶメルキュウルがサアカスで踊る永遠を探す仮面をつけたままで政策を論じる複写版に別のことを書く藁がステッキから出てくる

明日の残余は日本の桐である小島を先端まで走らせる煉瓦館は水で一ぱいである沼地のホテルから青い球がコロがり出る牝鶏を悲しませる絵葉書に脱帽するアタマにスミレの香がする髭が寒気を回避する今宵起重機の眺めも美しい恋人は和やかな肩を顫はして悲しい思ひをする花咲き乱れてゐる春の花園に横はるアルプスの模型の上に拡がる金のむら雲の中に五月の銀の鐘をサラサラと鳴らす麦を右手に抱へて夜がやつてくる天文学の雰囲気を静かな無限性のなかに包んでゐるのは感覚の単なる知覚に過ぎない平面の中に沈んでゆく建物と計算は厳密に持続されてゐるモデルである個人的な歩調を諷刺する思想を装飾する磁針に並行する荒野の遊歩場は桜草に恋を告白するミユッセの如くセンチメンタルな浪漫主義である少女の乳房のごとく詩にならないパノラマ師であるホイットマンを列車のマアクに採用するごときは何等描写の勝利を意味しない劣等な円周が車輪をつくる歴史の傍註である優雅な牧師館を取りまく水門の鎧戸が外れてゐる堂々たる鋏に虐待される可憐な白鳥が逃げるマジョリカの灰吹きによりかかるジュピターは龍舌蘭の荘厳な香気に枯れる通風筒の進化に関しない正確な諧音の研究は狭小な語源を拡大する叙述的な教育を暗誦する椰子樹のごとく抒情的である驚駭を意味する平凡な欠点に話しかける旅客の意見の範囲にとどまる詩とは何であるか彼女はルウベンスの反語を知らない宣教師であるか天体を操縦する予言者であるかあるひはカフエのチエロイストを感動させるアヂサイである病気の教授であるか彼がシアベルとただちにピアノよりもヤカマシイ小鳥の歌を歌はせる理想の荷物を満載したトラックを走らせるものは何であるか朝の雨が降つた山道で路上芸人が猿を踊らせる手風琴からリズムを絞りだすか詩人はあまり多くの神秘を持たない神から崇高な認識と紅雀の凹地を恵まれるか扉口や窓から羊が鳴くか毛髪をアケッパナシテ待つてゐる潜航艇の印象をポンプに模倣させるかそして壁に向つて歌へと要求するか金の籠を編んでメロデイの美によつて彼自身が酔つぱらふかさうして彼の最上の庭園の最上のやさしい花からとつた蜜を喰べるか音楽的な幸福によつて天国を夢見るためにブツブツいふか金の籠に腰をかけてヨブの不死を椀に受けるか魂をリズムのための敷物と

するか崇高な予言はさう毎日できるわけにはゆかないか美とは工業でないかいかにして波から飛び上る湖に隠れる月の情緒や思想を活き活きと表現するか若し憂鬱にならんと欲せば左の手に銀にてつくられたる「月」の線を握ればよいのであるか若し愉快とならんと思へば右の手に「金」で造られたる太陽の線を握ればよいのであるか象徴は魔術の如くである偉大である虹はバタの上に舞つてゐる理想を鷹の如くそれが生れた正午に舞ひ戻らせるかペンは葦間の大樹であるか食後何処かへ行かねばならないか薔薇園を掘返してブランコをつくるか荊棘の叢林で話すか樫の梁の下で神曲を誦むことは怪奇であるか懐中時計のなかに海があるか鏡の牧場は灰である塔のなかから天の風がまい騰るどんな主義によつてヒイスの花を手折るか聖い斧の下で考へるエウリピデスが樽について論じるか鑑よサヨナラ葡萄の収穫の季節は終つた中庭で発音を練習する費用を請求する雨は小奇麗な石に跨るユマニテを高調するパンに味をつける身体を温めるプロメテウスが犠牲を大袈裟に取扱ふ事務は無情であるマッチの商標である奇蹟を教会から貰ふこんなランプをかつてアラビアの魔術師も夢見なかつた裸の部屋の装飾として既に熟して来た木の葉の如く顫へる流行を憧憬しない影の多い庭園を散歩する絵の多くは何等の雰囲気をつくらない美を農業の目的と見る散文である想像はこんな月夜に生き生きとする優和な風が壁の隙間を封印する噴水の涙に戯れるこんな月夜音も立てない杖に抒情的な蛇を見せる昨日に対して挨拶しない港に船が入る海が壁に見える帆のうへの長い蠟燭を買ふ一ペニイを寝台のなかで思案する笙の音は銀のボタンを美しくするジャスミンの根に睡る紫色のガラス皿にのせられた梨といふものを見たことがない秋の大きなS形の碧空に小川が流れる影それ自身はもはや影でない偶然のアルゴスは貴族性によつて悲哀を生む一定の時間性を欠くことのできない意味の理解である哀れな眼鏡の振子に失はれた腕は永遠に花咲かない髪の中で歌ふ詩人の芸術であるクレオンの太陽を彼の牧場に埋める山脈の水差しは海へコロがつてしまつた。

麦稈の籠

庭ノサラダ類ノ葉ハ
地面一杯ヲ埋メテヰル
冬ヲ忘レタ金雀児(エニシダ)ノ枝デ
屋根ノ風見ハソノ日暮シダ
麦稈ノ籠カラシコラヲトツテ
窓カラ到所ノ村ヲ見ル
シカシXマスガスンダ
陸橋ノ上ヲ通ル一人モナイ
忍耐ヅヨイ梨ノ畑ガ風ヲ防イデヰル
シカシマントナシデ歩クコトガデキル
歩道ハ国境ノ方向ニ向フ
テニス・コウトノ空気ハ美クシイ
スペイン風ノ日影ガ落チテヰル
プルニエ氏ノ白イデッキデ
鶯ガ不便ニ歌ツテヰル
プルニエ氏ハ即チ梅氏デアル
梅氏ノデッキニ鶯ガ歌フ

彼女ノ音量ハナハダ劣弱デアル
真昼ノ藪ハ匂リガナイ
蜜蜂ガ井戸ニカクレル

★

百合の花は百合の花に百合の花で百合の花へ百合の花が百合の花の百合の花を百合の花は百合の花に百合の花で百合の花へ百合の花が百合の花の百合の花を百合の花は百合の花を見せることを普通の思考の思考を思考する思考の思考を思考する思考を思考する思考の思考で思考する思考の思考を思考することは純粋な菫色のインク壺から貴婦人が驚く夕暮の香気に白色の海洋の巨大な星の心臓の隅の気候を彩色する丘の首環を訪問する不幸なピアノの個人的な沈黙に震へる古典的な太陽の秘密に酔ふ梨の木の徐かな影の傾斜よりも狭い中庭の家禽の一枚の羽根を迂曲する暴風の単純な語彙を理解せんとする白堊の百合の花は百合の花に百合の花で百合の花へ百合の花が百合の花の百合の花を百合の花は百合の花に百合の花で百合の花へ百合の花が百合の花を見せる思考である。

★

lavender, lovelia,
gelanium, laburunum
balcon 一面ヲカクシテヰル
海岸線ハ椅子ノ手摺ヲ撫デテ
窓ノ piano ヲ支ヘテヰル
dutch-cut ノ少女ハ
ツツジノ叢ニ向ツテヰル
下婢ハ柘榴石ノ薬壺ニ
gallium ヲ入レテヰル
蜂ハ孤独ナ花甘藍ニ
大胆ニ唸ツテヰル
私ハ一瞬考ヘコンデ
牛ノ舌ヲ食用スル
hotel ノ正午ハ静カデアル
bell ガ時々地下室ヲ走リマハル
灌木ニカコマレタ
庭ハ果樹デ一杯デアル
シカシ中央ハ広イ通路デ
ヨク開カレタ扇ノヤウニ直線デアル
園丁ガ梯子ヲ肩ニヤツテクル
ソシテソレニヨツテ梢ニ達スルト
断片的ナ彌撒（ミサ）ノ鐘ガキコエル

★

窓ガラスヲアケ ema ヲ呼ブ
コニヤツクノ壜ヲ持チ来ラセテ
ソレカラ青イ新聞紙ヲ見ル
スルト夕暮デアル
雲ノ三角帆ガミルミル遠ザカル
石屋ノ仔牛ガミルクノタメニ鳴ク
蝶々　ランプ　及ビピアノ
野薔薇ハ野薔薇ノ花ヲ
アヂサヰハアヂサヰノ花ヲ
木苺ハ木苺ノ花ヲ
カンナハカンナノ花ヲ
ソレゾレシトヤカニ着飾ツテ

聖ナル天ニ順フ
黄蜂カラ危険ヲ避ケテ
下男ガ枝カラ降リル
白イペンキト彼女ノ尻尾ガ区別デキナイ
ema ガ小舎カラ分離シテ
自然ニ彼女ノ速力ヲ倍ニスル
ホテルノ円筒カラ煙ガヒロガル
海泡石ノ歩道デ歌声ガスル
丸木ノ門ニ月ガ出ル

棚夏針手

燃上る彼女の踴り

空気のやうに光る重さが、薔薇と死灰のやうに感じられるのも一つの鴇色（ときいろ）の爪。腰衣（スカート）が鶴の髪の毛の心持ちで蝿の胸のやうに開き、その中から淡色の悪阻（つはり）が母さんの名前を呼んで緑の御手洗（みたらい）を使ふので胡桃の匂をもつたお前の藤色の眼鬘（かつら）が少し傾きかけて、からくも留まつて居る。

けれど韻律は白い 腋（わきのした） の毛根を光にしてそこから大理石の馬を覗かせやうとした。

火の指環。薔薇の幽霊。黒い中で赤が旋回して淫らな春の噴水をお臍へきりりつと巻締める接吻の色をした快さ。葡萄酒の透つた赤い影が動く。白天鵞絨の懐しい白の泉の唄と光の音楽。その中を瞳に見えない黄金の鞦韆が兎馬と猿とを乗せて虹になる時のやうな匂。

毛織物の柔かさに彼女の力強くぴつたり吸ふことの出来る紅い唇のそことなく弾ませた艶かしい息の、それのやうな温い波を知つて居る手、それが氷をひく黄金の大鋸のやうに、白天鵞絨の融けかかる科(しぐさ)にくづれる。

僅かに何処からかする蒼みがかつた緑の貿易の微笑に、また光る腋の赤い燕の運んできた白縮緬。襪(くつした)の内股に麻布(リンネル)のやうに流れる光は乳児の柔軟性(やさしさ)。窓が七つ、それに黄いろい六つの笹椽(レース)、それにはさまれた赤い火の笹椽へ映つた白天鵞絨と縮緬の中から光る果汁のやうな黄金の鳥の巣が、間色の黄昏を象牙の振香炉の椽(ふち)から零するその匂ふ蔭の楡の樹立。

大理石の馬が鬣で風を吸収して彼女の腋からそうつと耳を出す呼吸に、黄金の小栗鼡を追つて来た五人の男のやうにお前の臀部(おしり)が丸出しになつて、空気のやうに光る蝿のやうなその軽さが火の指環。そうして薔薇の幽霊。亦、太く火を点してしまつた。

谿

十三時は、
泣女(なきおんな)の黄いろい象牙の斑のある百合の果(み)の一片のやうな
　爪の音で、
剝いてある水色の林檎の匂つて居る指紋(しもん)の足跡に黎明を
　投げる。
私はほとんど午餐もとらず眠り続けて居る石女(うまずめ)の
ほぐれ行く粧(よそほ)ひの 黛(まゆずみ) のやうに
指紋の足跡の谷に棄てられて居た
おお、踵(かかと)を濡らす雲の湧いて居る匂がする
雲は私の指腹から一つ一つの指紋をも奪つて行く。
あらゆる指紋に手摺れた水色のこの谷の怖ろしさよ。
枝は痩(や)せ、温泉は断たれて居る
聴て梢や晴れかかつた雲が水色の鍾乳洞を雑草の中に繞(かこ)
　んだ。
私は冬を得たかのやうに蒼白めた獅子の歩みで

雑草を分け進んで見たが
牝牛の柔毛に触れたやうに甘く疲れてしまつて
鍾乳洞の入口すら求むべくもなかつた。

おお鍾乳洞！
私は再び雑草の中に立ち上つた。
けれどもふと見るとそれは鍾乳洞ではなく
遠く水色の日蝕(につしよく)が燃えて居るのだつた。

おお温泉が薔薇の幽霊のやうに白く燃え立つたではないか。
あれ、あのやうに私に何かささやかうとして居る
おお、おまえは何処(どこ)へ行くのか
白い薔薇の幽霊よ。
私は堪えきれなくがつくり雑草の中へ倒れた
杳(はる)か水色の太陽は私の出口のやうに
巨きく雑草の涯に待つて居る。

抜錨の氾濫――ソロモンの櫃の邪眠症潜在優生学

（子は父の長子にて母の三男なりしが額に木こそ生ふれば
哀れしも木なきに慕へる泉の妹(いも)が皺(しわ)畳め瑠璃概念に像(すがた)を
かさん。）

垂れかかる流行(はやり)好きな薔薇の羞恥部が入浴を慰(あや)す笹縁(レース)の
やうに腋臭して、
アレキサンドリヤの神の鑷(けぬき)を盛装とともに佇(たた)せやと思春
期の乳房を矯めると、
石刀柏(アスパラガス)色の背光を抓つたあとに天の雌蕋(めしべ)へ落ちたやうな
風穴の身軽な水先案内(パイロット)。

アキムボオの掌は青麦のやうな薔薇の名刺(カルト)の麗葉(コリウス)の朱(あか)に
疲れて蹣跚(よろよろ)と日向を零す海松(みる)色の
耳朶が水先案内の胸のデアナに触れる黄金(きん)の雪。

鈴蘭の基督達の厳粛な酩酊の光る笑に、
処女(をとめ)の臍のやうな地平線の白い手首の赤の九ツの塔を持
つ菌(きのこ)のやうなここは愛の巣。

旅商人（たびあきんど）の馬車の母衣には西蔵（チベット）の煙草の束が乱れてその中
　の昨日の螢が病んで居る。

白鳥の温味（ぬくみ）に溢（かか）るレダの睫のやうに
彼女の肌に長くから着けなされた碧玉（サファイヤ）のやうな蔓を持つ
　薔薇の羞恥部の快美女性、
その尖で桃色の育つ涙を鸚鶏の逃げた庭は知らない。

音楽たり獲（え）し指揮者のやうな水先案内は涙の中。
スペクトルの胎動を鞭に移して、
舎替（やどが）への蜜蜂のやうに病真珠の房（へや）の黄金（きん）の擺子（ふりこ）のやうな
　象牙を磨く微笑に醸される光と汁の葡萄園。

高貴なる浸透作用保持者たる薔薇の羞恥部にそれ等紅玉（ルビー）
　の再生を委ねらりやうか。

編れ行く黄金（きん）の靴紐の遥か熘と風の林檎の毛竝で傾き白（びやく）
明（めい）の毛織で葺いた屋根裏の傷つく夕陽色の苗床に

暁と朝陽のひまの海峡の烟を持つた桶湯の雪である黄金（わうごん）
　雪割草（スノードロップ）。

涙を蔽（しる）む指紋の中の後手をした喬木は
窓の嬰児（みどりご）が獣を羨望する季（とき）の禽（ことり）のやうな五月と黄金（きん）の甲
　虫の絨褄（かもぶすま）を木葉のやうに愛撫して、
薔薇の羞恥部の小径のやうな花粉の糸で敷物（カーペット）に日向を繡
　す。

おお、ラファエロの唇（くち）。紅玉（ルビー）は霊感（インスピレーション）の色。

木苺の微風は野の鍵盤（キイ）の夾竹桃色の匂を伸び縮ませ
酒に重なる歳月を光とし、西蔵の煙草の塩田に
白い彼女の腕のやうな煙の梯子と香膏（あぶら）とで網を練る。

泉に映る胸のやうに皺畳（しわた）んで薔薇の羞恥部に甘餞の星を
　充たす早春（はる）に似たジャズの桃の果よ。

回想（リフレクション）の指紋を濡らす喬木の猩々緋の賓客に

紅鰯のくわへ来つた青麦が向日葵のやうに零れて鋼(はがね)の天
　使の遊びに庭を啓き、
伝統が祖国なる光の泥濘(ぬかるみ)に鶴の毛の日傘を運び、
扁平な饒舌に二十日鼡の春を祝ふ睡るべき赤い帆を恐れ
　て居る木洞(うろ)の中なるコカイン黄昏曲(こうこん)。
頽れ行く処女(おとめ)、仏蘭西菊(マーガレット)、鋼の天使の耳敧(た)てる翼(はね)の階(きざはし)。
暮れては手袋(てぎぬ)し亦探るアレキサンドリヤの神の鑷よ。
如何に譲るべき紅玉(ルビー)の舌の夢であらうか。

薔薇の羞恥部は美湾(びわん)の傾斜で天(そら)の不在なる接吻の庭を持
　つてゐる。
展らき、揺らぐ、花粉の中なる午前と午後との夏である。
そこで擢のやうに煌めくリエーゾンに甜められる瞳が翡
　翠を鏤めた葩型(はながた)の艇(ふね)になり柵に溢れて
薔薇の羞恥部の花底の船窓の盲いた唄の気泡が、
海の母音が、
潸々(さめざめ)と話掛ける『征箭への食指のブロンドの戯れ』。
芝生(ローン)を跳ねる水先案内のカラーとカフスの海の光が酩酊(よ)
　つて居る。
もう古(むかし)ながらの月の臍なる朦朧な香瓜(メロン)色の野の鍵盤(キイ)に水
　先案内の靴が軽い。
片言ばかりの積木の切れ切れな営みを紡ぐ晴れやかな不
　知火色の蜃が海の署名(サイン)で明るく
夢の断層に築かれて大理石(なめいし)の蹠が鳴つて居るのか。

おお又しても玻璃樹(はりじゅ)の切株の王座に踏みかけて淫靡な緑
　に霑(うる)む箴言と予言の間色に赤らむだ紅玉(ルビー)の女胎に
足輪と燃ゆる夜半の黎明の流れの　薄明(うすらあかり)　から
華やかな牧神(パアン)の『無心なる石の正客』と招ぜられ、
像(すがた)、自ら支へきれぬ発光体そのものの靉靆(たまびき)であつた。
額椽も劇場双鏡(オペラグラス)も冬の喪絹の蒼い黒子と雁羽(かりがね)色の落葉に
　饐える福人(マスコッテ)。
灯の帰宅の『劃(くわく)』に刻ざまれた前額(ひたい)の皺が睡りかかる脳
　髄の重さに浮き上る銀の鱒。

消えて行く水脈(みを)に氓んで
窓の中道程(なかだうてい)に導者を追ふた嬰児(みどりご)の像(すがた)であつた故から。

麝香蓮理草(スイトピー)の小栗鼡に埋れて
清水のやうにちろちろ月長石(ムーンストーン)の釈迦の歯型を忘れない過
　剰する乳房のやうに
静かで小さい三日月を源の筏の光と簪(かざ)す私窩児(じごく)の肩の手
　舌蘭の星色(ほしいろ)古代金貨の神の浮彫が磨滅して
猫毛(びようもう)の脂(やに)に光る瞑目の繭が黄いろく、葩の裳(もすそ)引く月の羂(わな)
　から風色の黒い花粉。

淋しい王者の色で反射する樹身の春の鈍銀(にぶ)にくすぼれる
　薔薇の空灶(そらだき)。
受け色む搏ち悸(う)つ光。
土へと孵る鎧扉の影の雫の晴天の好意が凋み、
未明(あけ)の手跡(てあと)は奥ゆかしい水埃の中の四ツ辻に音たてる灯
　の下の匂料理の儀式のやうに
葡萄酒煮色の盲貫による瑪瑠の空腹に胤を噛む殉情の沙
　洲の異服遊牧民。

胆めくる幽霊船の驢馬の負ふ乱婚の螺鈿(らでん)の旋毛(つむじげ)。孔雀色
　鳥羽地(ジョヨリイ)白骨(ロシア)標市。
靉靆(たなびき)は潜(しの)び。像(すがた)は鎧。
麝香蓮理草に潰えた月長石(ムーンストーン)の乳房の醍醐味含有の甘美な
　十二の黄金(きん)の泉なる
白鹿の双角(つの)を薔薇と指組む跪拝の脛(はぎ)に脈搏は石のポンペ
　イ古墳燐光十三時。
山を鞭搏つプリムラの撓(たわわ)な径(みち)は萃やな牧神(パアン)の角に緋百合
　を碧空(そら)へつらうとする赤牛の髪と揺れ
驚きは円(つぶ)らかな処女を盗む。

赤道祭の未亡人、嬰児よ。切株の玻璃樹に沈む『帰化』
　の展墓の韻かざる黄金(きん)の索(つな)。火の琢く青銅の夜帽(ナイトキャップ)よ、
ことごとく果(このみ)と疲れて。
遠い泉で肩の淋しい天馬を抱く紫水晶襟飾(アメジストネクタイ)の知られざる
　神の所有者。

その黒真珠は枝々に浴みする凡(すべ)てのものと均しく
輪廻戯童(わまわし)の爽かな音にトパアズの鮮かな影の腹から黒蜻(とん)

蛤と陥ちた砂の果のやうに
雪花石膏の正午で火き生後九十九日目の嬰児の視力とこ
　だまする。

隠しきれぬ黄扇紙のミージアムのやうな肉の重い鳥が笑
　ふ。その遊糸のやうにすくと延び睫ぎる鶴に似た腓の
　側圧。強ゆる南風の花粉の腮。

只管に日夜を甘じる睫なれば紫金と爛熟と化膿との蚯蚓
　に委ね更に形而上学的肉体の雪解と烟る。

それは新墾なる阿片纒足の半筒体黄卵内分泌の碧さを好
　く彼女の跨ぎである。

虎耳草の上の桃の果のやうに齢に沿うて限りなく生れつ
　つ傷つく鹹の白の硬い女髪の味。捲葉色女胎仮面。
果皮を持つ蜂蜜の海市。
偎の二毛の処女が帆と撫でる徐ろな流動氷結の智慧を
炒る曽孫の扉は

最早季を得、半面黒像の歔欷をものして、巨岩なるポン
　ペイ古墳燐光十三時に明らむ新月に軋音をする。

死んだやうに酩酊つて居る求道園
未知の塔、地下三尺の熘を懐く仏蘭西菊。
蔓珠沙華色に埋れんとする鹹湖に秘れた月の躍りの襖を
　持つ石児の風を得て得た風を光り遡るマホメット女教
　徒の中古伝説。

梟は巨多な羽毛の有する耳を睜き彼の像の光を保たんと
　その固定権威に露天市場の錆びた足暖炉の乾熱器を感
　じて、
女胎なる薔薇の羞恥部に石絨色の肥起たんとするものを
曽孫の扉の新月にする軋音のやうに鳴つて居る大理石の
　蹠のやうに咀呪つて居る。
それは蟾蜍の頭の中にあると云ふ毒宝玉のやうに鈍く
蒼白めた風穴の保護色は瞳の盃を領して拗者の邪瞑を配
　り、
遠く無限の『逃水』はチルスのやうな空しい糧と洋がつ

て古奇なる翻訳紙（ときがみ）の随所に水の光の葉を未埋屍（なきがら）の女胎
仮面の翡翠短檠（たんけい）の栄光（はえ）と拉し去り、
死の婚姻の認識の陪音と待つて居る。
良導体麝香箪笥に翅搏（はばた）く鰭のもの。

投げ込まれた昨日の花束が大喇叭（ヘリコン）の白気帯び浮様する破
壊細胞を船腹の寡黙と蒔いた之等瑪別亜（マリア）の什器。

要は水化した古風な天蓋の遍照光に培はれ昏々の微風に
生きて煙もない陸離たる十字架の星。

シクラメンの狂態と風かげの夜気に縺れて鋼（はがね）の天使の階（きだ）
を踏む髑髏丘（ゴルゴタ）の北叟笑、白髪の部外劇（ページェント）の沈香の無形の
斎（まつり）、南を北の渡り鳥の海面（うなづら）が白壁の焔を伝ふ蒼白めと
独語する魚のやうに掌の神と獣の二重（ふたえ）の窓を支へて居る
仏蘭西刺繍。
その周角一八六度の九ツ俛れ。
駘蕩な紋羅匂布の布目を感じて居る箴言と予言の間色の
紅らんだ女胎の手水（てみず）の催芽部に度し難い九月の帝王雀（みかどすずめ）。
外景の流れを思ひ出す忘忽草のやうに山羊の瞳と肛門の
ない老人の吊す天蓋の涓り（したたり）は蚯蚓の性（さが）で皮膚に喰入る
扈従である。

おお夏であり無聊である雁（かり）の天国よ。

光りつつ像（すがた）は四壁の唇（くち）の小康に耳もて愛人の乳房を慕ひ
眉の林の肉体に絖（ぬめ）の摩擦を、
美（うるは）しい乾草堆の彼所（かしこ）に『観念』の物の海幸（うみさち）と無花果の時
劫を墨守し月と共に肥る彼女のカルノタイト。
帰らざる楼ある船の碧空の庭。蔓を持つ金曜日の薔薇の
羞恥部。

『通商』は木葉の海鳴りで腰囲に快い像の戯れに塗靴（くつ）を
脱ぎ九ツの俛れに盛装を摂（と）つて、
果皮を持つ蜂蜜を月の出に群る孔雀と傾け涓らし
風見のやうに呼びかけて垂れかかる君臨の指先に満願の

黒と耽つて
一八六度の周角に無数なる本全の紅らみ行く受胎のやう
に劇増の翔(かけ)りを矯めつつも過剰する乳房のやうに忌(いな)み
つつ哺(の)んで居る夜の金的。

天鵞絨の弓術は暗い。

膣香水

黄いろい豚の
血まみれ仕事の截口(きりくち)へ粘土をぬつて
室(むろ)へねかせた脳味噌で
踴〔ママ〕り手の夫人(おくさん)
韤(くつした)の尽れ目に
白粉焦けをお防ぎ遊せ。

鏡と蠟燭の間隔

腰から上の白い花粉、
腰から下の白い花粉、
白い花粉を肌ぬぐ白い花粉、
まだ絶え間ない頓狂な白い花粉に
抹殺されやうとしてゐる室内名所。

冨士原清一

めらんこりつく

蒼く　白く
顔色（がんしょく）の悪い夜だ
夥しく瓦斯は充満してゐるよ
蒼く　白く

群集よ　起きいでて
燈火を消せよ
通りの街燈を
公園のアーク燈をよ

蒼く　白く
顔色の悪い夜だ
不気味な憂欝の蔓延だよ
蒼く　白く

群集よ　起きいでて
燈火を消せ！
燈火を消せ！
街のすべての燈火を消せ！

燈火を消して
さあ群衆よ
おもむろにその貝殻（かひがら）から匍ひいでよう
われら群らがる蛾となつて
あのぢんぢんと燃焼せるガス！
蒼白な月にむらがらうではないか！

CAPRICCIO

Night, such a night, such an affair happens.

　パレットにねりだされた多彩な絵具族のかなしみと、
明暗の花咲く女性（かのひと）の寝室に燈つてゐた小さい Lamp の

さびしさを、外套の釦である紫色のビイドロに覚えながら、私は細い頬を高くたてた襟につつんで、この緑り色の星まばらな夜を歩き続けてゐました。

——歓楽は美装せる一人の士官である。彼の真紅のサアベルは、つねにそれの数万倍である憂欝の雑兵を指揮してゐる。

私はこんなことを考へながら、この街でいち番高い処にある壮麗な大理石（マーブル）の架橋（はし）にさしかかりました。いつも愛してゐるこの陸橋からの眺めとは言へ、まあ！なんて滅法に奇麗な今夜なのでせう。街は黄ろい燈火の海をひろげ、そのあひだに赤・青・緑などのイルミネエシヨンがちらほらし、まるでカアペツトの上に宝石を薔薇撒いたやうな夜景です。さうして青いレールの群れがこのなかにサアベルのやうに煌いてゐて、いまにもあの透明体のキラキラしたシンデレラの馬車がこの街からあらはれてきて、古典的なミニユエツトを踊つてゐる星たちのあひだを縫つてゆきさうです。その美しさつたら思はずも唇からモオメントミユウジカルのひとふしがとびでたほどでした。

このときです、ふと私は古ぼけたイタリヤ製の帽子の椽から、青いヒカリが私の全身を捕へたのを気付いたので思はず立ち止まつて見上げると、頭上にアアク燈が天空に向つて蒼い信号喇叭を吹いてゐました。……で、このボーボーといふ音をぢつと聞いてゐると、いつのまにかあのスクリインを想ひだし、今までこんなにも青い夜を見たことがないやうに思はれてきました。それでこころ秘かにこんな青いものに耐へられない自分の神経に怯へてゐると、頭のなかになにか漠然とした青写真かフイルムのごときものが次第に大きく不明瞭に現はれてきてなぜか私はコロロホルムにでも作用されたやうにぐつたりと冷たい架橋（はし）によりかかつてしまひました。……

折柄ふいに終電車の轟きを聞き、青いスパアクがパツと飛び散つたので、思はずもはつと架橋（はし）の下をのぞいてみると、ああ！なんといふことでせう！レールの群れが太刀魚のやうにこの架橋（はし）の下を流れはじめたのです。ついでシグナルの燈が流れだし、エメラルドグリイン・アムバア・スカアレツトなどの光りがピカピカと飛び散りはじめたかと思ふと、虹のやうな奇麗なテープや模様がメリイゴウラウンドの酔ひごこち夢みごこちに走つてゆきます。がついにはこん度は街までが崩壊して恐しい速さで無数の直線や矢になつて流れはじめました。さうしてこのテムポは一瞬毎に急調となり、仕掛花火や色電気の仕業も及ばない位です。私の知人や友人など、記憶にある総ての人間の顔が黄ろい粒の羅列となり、ついには一条の細い火花となつて消し飛んでゆきます。太陽も、月も星も、停車場も、アンテナも、汽船も、活動写真館も、街角の花売少女も、バットの空箱も、ありと凡ゆる私の一切が、ありと凡ゆる世界の一切が、この強烈な未来派の色彩と音響を形成しながら流れてゆくのです。まさに名優が感激の極みに舞台で卒倒せんとするとき、その一瞬に見る数千の観客の IMAGE よりも、遙かに複雑な名状しがたいこの彩色光波の洪水が流れてゆくのを、驚きに意識を失つた私は、その閉ざした眼の紫いろの泳いでゐる網膜の上にいつまでも見続けたのです。……

　頭からすつぽりとシルクハットをかぶせられたやうなほの暗がりの意識のなかに、どこかでぽつかりと白百合がひらくやうな気配をかんじて、ひよつと私が気がついたとき、私は高い、タカイ、TAKAI コンクリイトの城壁みたいなものの上で体をL字形にしながらBONYARIしてゐたのでした。

稀な薄窓

それは arpéggio する水たちのわらひ

これはたんぐすてんあかるい水族館の内部である

このさびしいひかりにゆれる水のなかに　軍艦のやうな夢おほいほてるを営み　そのほてるのなかに　もつとも空気の明瞭にみられるためのひとつの窓をあけ　このさびしい水にゆれ　このさびしい水に吹かれ　この青い水のなかに青く花ひらいてゐるわたくしたちふたりである

ふたりはいつも浴室のなかから泳ぎゆくがらすたちをながめ　きらびやかな衣裳をつけては時間と鏡のまへに礼儀ただしい敬礼を愛した

ふたりはよく知つてゐる　ぴすとるが白粉のやうにく

づれてしまつたのを　それは海のなかにあたかも魚族の
まぐねつしやかとも

またそのなかにふたりは夢みた
ひとつの白い噴水からその無限に遠いひとつの白い噴
水へ
ひとつの白い花からその無限に遠いひとつの白い花へ
ひとつの白い魚からその無限に遠いひとつの白い魚へ
ああそのためにふたりはなほも夢みた
そのためのそのあひだにある無数の白い噴水たち
そのためのそのあひだにある無数の白い花たち
そのためのそのあひだにある無数の白い魚たち

だがいまはあまりにひさしく住んでゐたふたりだか
ら　もはや青いぼすふおらすの海に死にゆくかんがへに
もあいてしまひ　いまはその女性（ひと）の胸にかかつた美麗な
三日月をさびしがり
ふたりはふいるむのやうな水のなかをすぎてきた白に
微風にがらすのやうな衣裳をまかせ
ふたりはふいるむのやうな水のなかをすぎてきた白い
小鳥にがらすのやうな愛撫をあたへ
遠い噴水の衣裳をつけたその女性（ひと）と　ふりゆうとのさ
きに青い魚を灯もしたわたくしはやがて　ながいはてし
もないやるせない性の祭りを舞ひはじめるのである
ふたりは腕に魚をとらへ
ふたりは足に魚をとらへ
ふたりは腰に魚をとらへ
ふたりはあまりに魚をとらへ　水族館にあまりひさし
く住んでゐたふたりだから　もはや青いぼすふおらすの
海に死にゆくかんがへにもあいてしまひ　しづかに花た
ちのさしだした名刺に　笛で語りおはると　青いこの水
族館の玻璃を透して　とうめいに笑つてしまつた

apparition

正午　羽毛のトンネルのなかで盲目の小鳥達は衝突す
る　彼等は翼のない絶望の小鳥等となつて私の掌のなか

に墜落する　彼等が婦人達の手袋に似てゐるのは墜落の神秘である　然し婦人達の手袋が彼等に似てゐないのは手袋の特徴である私も亦私の美しい手袋をもつてゐる　然るに扉のなかの甲冑をつけた囚人等　壁のなかの忘却の襤褸をつけた囚人等が私の孤独を喝采するために私は怒つて私の手袋を投げる　それは未知の世界においてひとつの空井戸のなかに落下する　其処に起る薔薇色のアパリシオン　薔薇色の火炎は私の美しい発見である　雛罌粟よ　汝がこの絶望の空井戸のなかに生へてゐて私の発狂せる毛髪の麗はしい微笑を聞くのはこのときである　このとき天の扉は開いてゐる　そしてひとりの死者の微笑が静かに天空を通過する　私が夢見るのはまたこの雨の下である。

魔法書或は我が祖先の宇宙学

見よ　迷宮の縫目から致命傷の漆喰が現はれて神秘な笑を笑ひながら死んでゆく　三角戸棚のなかで逆になつた女魔術師はその九角形の正体を見せてすべての植物性襤褸とともにそれを喝采する　ひとりの天使は肉体の内部の見えない螺旋に悩まされて月夜に青い痣の疑問符号をつけた苔蘚類の侵入を許可する　これは月夜における青鮫の昇天である　鉛の潜水鳥よ　私は汝を VENUS への全権委員として派遣したのであるが汝は遂に三日月の横顔に到着した　これは汝の霊魂論の紛れもない過失であつた　何ものかが壁のなかで汝のために陳述する　この陳述は極めて無愛想であるが私を喜ばせるので有利である　地獄は青色の七個の円筒を出して馥郁たる煙を送つてくる　けれども氷とその一党は不在である　紅縞瑪瑙は慧星の線条ある軌道を通過せんとして真珠の哨兵に発見される　彼は真珠の優美なる射撃を受けて ZENITH に於て激しく血液を流す　このことは日蝕五分前の MUSE の写真には現はれなかつたが日蝕五分後の MUSE の写真のなかに明瞭に反応したのである　私はこの写真を芥子粒の王子に贈つたとき彼は皇族画報を眺めてゐたのであるがこの美しい縞馬の写真を眺めたとき彼のカスケツト帽は至極満足に跳ねた　このとき蝗の王

国は少しくその赤味を帯色する　そして香料の雨がこの王国の上を通過して奇態な漂白作用を行ふ　この作業は長時間に渉つて継続する　それ故雨彼等の喋る驚くべき言語は月を乾燥させるかと思はれる　これらは真実最新の弾型漂白素であるのか　私は彼等の発展の犠牲である　既に孔雀石の上に縫針の避雷針と截屑の馬具は装塡された　これは思想の豪雨の日の細菌類の巧妙なる逃亡である　おお太陽も亦彼の若い情婦を殺害して逃亡する　蒼白なる科学者よ　あの層雲の伏魔殿に注意し給へよ　最小口径砲と羽飾のついた鳥糞射出口及び潜伏処の望遠鏡　これらは三位一体である　この明快な真理の微風の後で科学者は補虫網の如く微笑する　彼は彼の微笑の網を透して遠く塵埃のなかに跳ねてゐる一個の舞踏靴を認識する　この舞踏靴それは全く彼の母親コンパスに相似形　そして彼の微笑の裂目其処から彼の ENNUI は遊歩してこの舞踏靴を食べる　白色の手袋は黒色の手袋と抱擁する　そして石綿の裸体はいま一度天使の体内で気絶する　ああ今日私が通過したとき飾窓のなかにゐた頭と腕のない MANNEQUIN よ　明日再び私が通過するとき汝は巨大なる截断鋏で飾窓のなかに切腹してゐるのである　宏壮なるスケート場の夜　其処では氷結した人間の影等が氷の喝采のなかを滑走してゐる　死者等は永遠に地下を旅行する　彼等の懐中の緩慢にして正確なる歩度計　それは裏面もない一面の MEDAILLON 完全の法典である　巨大なる OMBRE の胸の鎧戸からは無数の灰色の傴僂達が生まれてくる　彼等は一様に列をなして水流の浅瀬を遊歩するが再び OMBRE のなかへ還つてゆく　風塔の上の風信子よ　彼等は汝の他の耳から這入つてゆくとき快活にそして他の耳から出てゆくときその足音は悲し気であつた　このことは汝よりも更に優秀なる菫の耳においても同様であつた　果してこれは OMBRE の微笑の幽霊であつた　私の眼球のなかでは熱風の密会が急に静かになる　この急激な変化は一体何の合図であらうか風信子よ　威しい天体の黙示の下に最早私は硫黄の皇帝と硫黄の交換を終了したのであらうか　見えない仙境では一羽の鶯のために造られた大理石の壁が垂直に成長してゐる　垂直の論理は正しいか正しくないかそれが極めて緩慢な速度をもつて天に到着して

ゆくのが分かる　けれどもこの壁の如何なる成長の瞬間においても常に頂上を好む鶯は壁の頂上で鳴く　鶯を理解しない壁のプロフイールは美しい　美しい壁よ　汝の内部は矢車菊と首蓿と美人草　汝の外部は美人草と首蓿と矢車菊　そして藁茎の BAGUETTE をもつた仙境の番人は右手の手袋だけで満足する　これが簡単の仙境の神秘の完全の永遠　簡単の仙境の神秘 SIMPLICITE の神秘　一個の煙草入のなかの世界　一個の煙草入である　見給へ　北極から還つてきた植物達は私の玄関に到着したとき既に死亡してゐる　これは数千年以前の土曜日 SABBAT において既に魔王に依つて決定されてゐた彼等の宿命であつた　このことに関しては未だ体内にゐる紅鶴の雛さへも知つてゐる　然し彼等の出発のときよりも遙かに斬新な流行色を示してゐる　彼等の襟飾の上には美麗なる彼等の鼻が認められた　それは彼等の霊魂と等しい色彩をしてゐる　そして第一等級の星は何ものもそれを見てゐない時間に彼等の頭上に輝き彼等の肩の上の発見の火災の痕跡を照らす　他の星等は茴香の饗宴に招待される　けれども彼等がその席上で見るものは只だ黄色の火災のみである　私は美貌の瓦斯に就て語らんとする　そして私は反射鏡の下で偶然に滑り落ちた猥褻なる写真のなかに黒色の肉襦袢（マイヨオ）をつけた今日の死をば容易に発見する　彼の女の宝石入の爪は瞬間地上を照らす　彼の女の叉になつた銀の足は死後の迷路　そして彼の女の背後に光の尾が遠く天上の星に連らなつてゐる　月の花粉が化粧した彼の女の顔は彼の女の思想　最早彼の女の顔と月と判別することは出来ない　これは無思想の典型　明日の彼岸の雪崩　そして覆へされた春の寝台の羽毛の散乱のなかに彼の女がローレライの歌を歌ふとき銀河の河底深く逆さに生へた樹木はゆらゆらと彼の女に挨拶する　彼の女は亦人体学の総和が睡眠と水であることを歌ふ　このとき彼の女の姿は金字塔の最高処で鳥糞の上に坐つた最新のセラフアンである　或る初夏の朝　私は品行優良なる薔薇が羅針盤に採用されるのを目撃した　この薔薇の祖先は嘗ての天啓発揚派であつた　この私の理解は正当であつた　何故ならこの日祭礼の雲は私の頭上で静かに円舞し五色の雨を降らしたのであつた　いま私が開いた鏡の底の AVENTURE の窓

よ　私が眼にアネモネの花びらを押しあてて手探ぐりで小鳥の備忘録を探しに出かけるのは此処からである　私は家具の腕をもつた種々なる妖怪達に出会ふが此処は均衡の崩れた精神の城の内部の廻廊である故に彼等は私の忠実なる召使に相違ないのである　突然私の口のなかで真珠の如き神が蜂鳥の現行犯に向つて頬笑むや否や忽ち溶けてしまつた　暗らい暗らい暗らい　そしてこの暗黒のなかで廻廊の末端において窪む一個の貝殻は人間の最初の完全な論理を形成する　またこの暗黒のなかにおいて右手にプレイアッド星座のみを認識して歩行を続けてゐたひとりの旅行者は数時間の後に神秘な獣帯光の下に彼の左手に砂漠を発見する　彼は異常なる秩序をもつて組織された仙人掌の社会に異常なる緊張をもつて少しく接近する　忽ち彼は仙人掌から黒色の水の射撃を受ける　驚愕して彼は空を見上げる　然し聞くものは只だ彼の発狂せる毛髪と空の円形劇場にみちた星の紳士の笑声のみである　おお天上の星星よ　彼の肩の上に刺繍された彼の運命をも判読し給へよ　彼の過去は権門の紋章の上のあの黴の笑靨　そして彼の美しい未来はあの鏡のなかに見える珊瑚礁における見習潜水夫　そして滑石含有料の莫大な石鹸は彼の乳母であつた　私の舌が銀の匙である私は私の舌が銀の匙であるかの如く歌を歌ふ　今日霰は如何なる思想を帯色してゐるであらうか　また風の商会は如何なる組織のもとに動いてゐるのであらうか　嘗つて狩猟の女神の衣裳に落雷したときその截断された女神の衣裳の上に私が雷鳴からの通信を読むだのは事実である　然し最近私が鬱金草の秘密結社において受信した稲妻の波長は失語症のそして転倒語法にみちた人間の声に近いものであつた　DOUBLE ETOILE 彼も亦最早出現しない　羽毛の小鳥と鉛の小鳥の墜落の等しい現世紀において最早私に親密なるものは汝硝子の ROMEO 汝金剛石の JULIETTE 私の磁針は狂ひ出す　私は太陽のなかに眠る薔薇色の昆虫（実はそれは薔薇色の卵であるのだが）を刺さんとして彼の胸を突き刺す ROMEO を見る　姫蜂よ　私が君に愛想するのはかかるペリカンの時間においてである　それは時間が全く白金線である時間　このときクレオパアトルを乗せて疾走するヨットは白金線の波打際に沿つて岬を旋廻した　春の海洋は白

い　クレオパアトルの倦怠は白い　クレオパアトルは唾液を吐く　それは白い花である　白色の鷗は飛ぶ　私は関係がない　私は白い　私の上方で白色の雲は急速に動く　それは虚無の電気である　見よ　真空のなかに犯罪がある　金モオルの王子が白金線で絞殺されてゐる　けれども犯罪者が硝子であると考へたのはイオンの女王よ　貴女の早計であつた　どうして私が硝子であり得やうか　貴女は私の夢が如何なる指紋をも残さないといふこととこの犯罪にある類似（例へば蝶と花粉の如き）を見出さないであらうか　また私の夢がどうして生きてゐないだらうと言へるだらうか　私の夢は私と全く無関係に生きてゐる　私においてさへ屢々彼が私を殺害するのではなからうかと暗示を受ける程である　風の如きまた自在風車の如き彼の理性は全く彼の理性　彼は理性のみである　澄明な発狂の夕暮に彼の光る　ABSENCE は彼の真理の汚点である　おお眠れ　すべてのハムレットの霊魂をもつた草花等よ　さて私は七里靴を穿いた　そして ZEUS よ　私は汝に面会する《まあ　この星月夜に何たる夥しい溶岩の落下》この光景が私に閃いたときそれは汝の巨大なる頭の円筒から生誕するあらゆる天体達であつた　太陽就中太陽は汝の最大の傑作であつた　汝の頭の円筒のなかの凄じい機関よ　汝の巨大なる頭の永遠の　CHAOS よ　私は睡眠の青白いトンネルをぬけて汝の頭の永遠のなかに十字の雪の降つてゐるのを認める人間である　いますべての不思議なる射撃は行はれる　然しそれらは直ちに理解されるのである

成立

Wir suchen überall das Unbedingte und finden immer nur Dinge-Novalis

夜の子宮のなかに
私は不眠の蝶を絞殺する
私の開かれた掌の上に
睡眠の星形の亀裂が残る

★

風はすべての鳥を燃した
砂礫のあひだに錆びた草花は悶え
石炭は跳ねた
風それは発狂せる無数の手であつた

溺死者は広場を通過した
そして屋根の上で生が猿轡を嵌められたとき
夜は最後の咳をした

★

かの女は夜の嵐のなかに
鉛の糸を垂れて
かの女の孤独の影を釣る

★

泥が泥を喰ふ
石が石を粉砕する
沈黙が沈黙の喉を絞める
不幸が不幸を下痢する

早朝私の影は穴倉から
血の繃帯を顔に巻いて出てくる
蒼白な風の平原
そこで私は風の首を切断する
私の頬は打ち倒された
私は私の顔を喪失する

肉体の周囲に
死は死人のごとく固い

★

泥が泥の足で入つてくる
壁のなかで蕈が拍手する
肉体は久しいあひだ
寝台の上に忘却されてゐる
肉体それはつねに荒地である
そこでは臓物の平原のなかを
血尿の河が流れる

私はながい孤独の雪崩の後に
疲労の鏡を眺めて
顔面に短剣で微笑を鏤める

★

蛹　それは成立である
蝶　それは発見である

★

火薬のごとき沈黙があつた

私の唇は砕けた
そして背後に打ち倒された私の頭は
襤褸屑になつた手たちを眺めた

足はいつまでも立つてゐた
打ち込まれた斧のごとく

★

家のなかの見えない岩石
私は衝突する
私は傷つく
私は覆へされる
家のなかの見えない岩石
ただそれが巨大であることだけを
私は知つてゐる

襤褸

悲しい叫びが起つた
仰天して窓は地上に砕けた
頭髪を乱した洋燈が街路を駆けてゐた

私の喉に
泥沼のごとく狼の咬傷は開いた

そこから赤い夜は始まつた

私の眼は地上に落ちた
それは孤独の星であつた
私はもはや石灰の中に私を探さない
私はもはや私に出遇はない
私の行くところ
到るところ襤褸は立ち上がる

★

かつて唇に庭園はあつた
かつて石に涙の秩序はあつた
笑ひは空井戸の底に
倦怠は屋根にあつた
呼吸しない広場で
風の歌が鳴つてゐた
私のゐるとき
それはいつでも夜であつた
睡眠は壁の中に
星は卓子の上にゐた

襤褸

絶望の大伽藍
死者の口のごとく
その煉瓦の経典は開かない

毒を飲むだ風景の中に
風のポンプは咽び泣き
血液のごとき時間の中に
私は錆びてゐる

★

私の背骨の中に巨大な樹木は倒れた
私の創痕の軌道の上を
洋燈はその旅行を続けてゐる

★

空虚の家
そのすべての窓は書物である
そのすべての扉は書物である

空虚の家
その屋根の上に
リカントウロオプの主人は住むでゐる

★

私の唇の焔は消えた
それは死せる火山である

いつかこの沈黙は卓子を覆へすであらう

襤褸

死よりも死せるもの鉛
この不思議な物質の孤独の中を
絶望することのできない時計
この厭世の哲学者は歩いてゐる

悲哀は再び椅子に坐つた

私は書物を開いた
その書物は重たかつた
その書物の中に沈黙の女は傷ついてゐた

★

笑ひが亀裂させた私の顔
この恐ろしい孤独の廃墟を
タングステンの鳥は飛ぶ

鳥の光は傷だらけの唇を照らし

車刑の痕跡のある毛髪を照らし
野獣の通路である眼を照らした
今風が私の内臓を診察するとき
私は穴倉のごとく荒い息を吐く

★

真夜中水は笑つた
コップは砕けた
私は醒めた
私は振子をはづした
其処に私を
逆まに吊るした

★

朝私は起き上る
寝床に嵐の痕跡を残して
鏡の中に私の影像は縊死してゐる

★

嵐の止むだ真夜中
耳を頭の中に突き入れて
私は聴いてゐた
私の肉体の内部で
すべての筋が切れてゆくのを

★

巨大な悲哀は窓にとまつた
卓子の上に
生は烈しく匂つた

襤褸

扉を釘づけられた顔がある
壁は泥の牢獄の記憶に苦しみ
千年の雨に鏡は盲ひてゐる

老ひたる家具は疥癬に悩み
沈黙は捕鼠器の中に身悶えてゐる
絶望のすべての抽出は開かれ
私の影は孤独の狼である

私はゐない

★

嵐のきたる前
私は空から毒を飲む
私の腕を破つて
野獣は平原に逃れる

★

真昼神は樹木の中にある
夕暮風は
この生物の不思議な射精を見るだらう

★

鳥は私の頭を射抜いた
空のない鳥
それは石であつた

私は生から腕を抜いた
私を抱くために

三浦孝之助

憂鬱への花崗岩

脳髄の側面に沿うて
白色の罌粟の花弁は
注釈的には流れないのである
窓越しに菫色の無限を望まんとすれど
黄金の靴は見当らず
単に悔恨の如きものが重き方解石の如く
平気で上昇せんとするのである
葉鶏頭よ僕は汝よりも偉大なりと静粛に吃つて見てから
深海動物の市価の騰落を
羊皮紙に書きとめ付録として
合唱隊に加らんとするも
誰に対して怒るべきかを知らず
されど桑の実にて調味せる
長き靴下を編みうつかりと
親しき名称をもつて呼ぶも
又誤りならずとす
蠅に蝕まれたる短刀をもつて
殆ど稀に我耳をあやさんとする
修道僧と共に橄欖の路を践み
カンテラの使用法に就いて語る中
彼は我が爪先に啜り泣きたれば
恍惚として彼の奢侈なる髯をつかんで引きあげ
我も亦夕暮の如くカクカクカクと泣きたり
若しあそこに氷河と
さうして鬱金草とあつたら
若しあそこに鬱金草と又
さうして氷河とあつたならば
一個の春
氷河の胸毛としての鬱金草
更に又若しそこに蜂蜜は樫の木から滴り
深紅の少年はその枝に鳴くのであつたら
私はむしろこの辺にウロウロする
然し何と言つても天界に這入るのである

けれどもホザンナは羞しく歌へない
又乳房の蔭はあまりに紫である
メリヤス商人よ
未だ嚠喨たる
頤を押へて断乎として来れ
ライラックの花は咲けども黎明はグズグズしてる
ネクターを沸しながら徐ろに或は交互に悲まん

緑色の悲劇

空虚なる脳髄に薄紫の思想等が群れ戯れる時俺の親父である駅長の銀の花瓶にスポンヂイの花がその紅玉の鰭をはじく時牧場に近く青き流れに近く雲と空とに遠く斜めに頭蓋骨を下げ光を額に集める時一条の嘆息は油煙の如く立登り祈禱は胸から手にまで充ち溢れる時七弦琴を捧げた密輸入商人がビロードの唇にホホエム花花花を殺戮する時汝の悲みに我がしやれた悲みを結ぶ時解かれたる膠質の魂が夕暮に飛びつき永遠にぶら下がらんとする時来れ痼癖よオー痼癖よ来りて我が高貴なる緑色の愛情を湾曲せよ見よしかして見よ湾曲されざるしなやかなる愛情を笛を吹き一箇の星として緑色の夜を通して一箇のパラの花の如く落下するそれは跳を延ばす青い絹のリボンの如き売笑婦と共に一箇の膨れたる銀灰色の樹の下に横はるそれは腕を避ける棕梠の葉となり蜂の巣の如きものとなり跪くそれは腕を引つこめる眼を半ば開きすべての物を見るそれは腕ではない沈黙の線は指の下にて戦慄するそれは胸像として痩せる悲みの流るる顔は全体として庭園となるそれはサボテンと南瓜の花を生長さす太陽と風とがそれを染めるそれは咳をする咳に続いて花は足に絡み花の上に倒るそれは噴水の足下を滑る硝子の胴体を傍らに投げつけ魂は緑の樹梢にかけ登るそれは鳥の様に坐つて鳴く太陽の太陽とその従弟は麦色の頬髭をやたらに振るそれはポストの如く濡れるかオー痼癖よ

INFINI DEFINI

夕暮のパラソルの花の液体の影の呼吸に再び光る睡眠の
瀑布は新鮮なる生命の羽毛の神秘に包まれ悲しげなる
瓦斯の急斜面を落下し遂にガラスの葉の狂へる微笑の
胴体に滑り込むときに雛菊の咲きけむる黒色の牧場を
女の白き透明なる足は足の神の足の宝石のクラゲの如く
疾走するのである若しめざめてゐるならば汝は石像に
沈む硫黄の薔薇を写す鏡であるかもしくばそれ以上の鏡
を通貫する極光の豚以上のものであるにすぎない
海を砕く裸体の魚等の悲しみの視線に何故坐りて自分は
自分のみに語り草等は美人であるか液体の声よ燃えよ
燃えたる声よ反響せよ反響よかすかなる夜を洗へよ
静かなる空気を裂き破る天体の水流よりももつと輝ける
小鳥のランプの最後の不定の純粋にレモンの岬を
迂廻せよ汝空虚なる心の夜明けの音よ。見よ冷静なる
星の芳香は雲のキヤラバンを埋め華麗なる頰の薔薇を
ぬすむ薔薇の色彩をぬすみて流るる。見えないか
糸杉の銀の火は休息の外套を蹴つてしばらくよろめきて

女は星の如く百合の蒼白なる波をくぐり星は女の如く
死の大寺院を傾け遠くの小山に急ぐ。天文的植物の
疲労は疲労をかくして海を渡り高貴なる疲労を待つとき
金属の微風は疲労の腹にもたれ残酷なる水晶の車輪を
歌ふ。我は歌はない。ミウズは我を歌ふものである。
すべてミウズの歌はタンポポの精神に眠るものである
けれどもタンポポの感覚に飛び立たない。すべて飛びた
つものには夕暮の光は訪れずたゞ光の夕暮に揺すぶらる
るのみである飛び立たない癇癪の光線のふくらむのみ。
香油の脳髄は無意味の水平線に横はりて始めて永久に
祝福される花粉となるか。この精霊の花粉にむせる誇り
は直ちにミウズの殺害となるか恐らくはそうでもあるか
けれども少くともこのあたりに透明なるニンフは琥珀の
髪を梳いてゐるのである。嘆くなカウスリツプの美しき
瞳の杉の樹よ。珊瑚の噴水の朝に憂鬱の平面を踏み風の
薔薇窓に延びよ。そこに汝の美は消えて汝の頭は汝の足
の下に沈み汝の足は銀河の花にのぼるのであるときに
鋼鉄の空を暖めるパステルの光は我がミウズのヂエリイ
の喉に薫りて我の歌はないところに憂鬱は眠る。

想像のアキンボ

赤きヂエラニウムの光のすべてはガラスにゆづり欺く戦慄をもつて琥珀の森は脛に絡み憎むものもなく退屈にある純粋の窓はモスリンの地獄に飛び賑やかである遠くに去る暗黒なる曲りたる涙を再び此の深き笑に引き戻して再び桃の林を生む白色の空気は波の如く額をたゝきて脳髄の青き草もそよぐすり切れたカフスに匂ふ蒼白なる海を忘れたるものの涙は肖像を溶かして変化を好まざる時にもすみれ色の心臓をすかしてバラは揺れつかれたる眼瞼を忘れてトロンボンと夕暮の上を突くのである湿りたる頭髪をやさしく乾燥するそのものよ死と面白くないもののすべての律動を装飾せよかりに装飾も装飾して細長い黒色の銀の瞳の風の骨も装飾せよ女も装飾せよ飛行機も囀る詩も詩でないものも蝶等も装飾である枯れた夢の雲にふれてバラは枯れ永遠の鏡は水流を捧げ次に宝石の鼻を践むものであるピンクの微笑は果実の柔かき微笑の音楽を遁れてすべては鐘と空とであるとなす内面の雨は脳髄を貫くが如くにして始めて春風は地球をめぐり地球は浮かぶのであるすべては見えて何ものも見ず香料の歎息は寝室を去り君をひつかき樹は駒鳥を払ふのである駒鳥もまた樹を払ふものでもあるが紫の雪は美しきハアモニカを光になし眼をつぶりてバラを抱かんとする時には矢張り樹は駒鳥を払ふのである汽車の音楽は藤の花にかげらふのである蒼空に呼びかける涼しい腰も消え只淋しさは睡眠の湖水に沈み痩せたる光のみは残るか

北川冬彦

空腹について

　腹の中には、真つ青な芝生がある。灰色の花が、その周囲を美しく飾つてゐる。白い球が、夕焼の空を跳ね廻つてゐたが、何処かへ行つて了つた。瓦斯燈にふくれた街路樹の下には、人間の食物がある筈だ。地下室の焙り肉。地下室の焙り肉。だが、口には白い球が嵌つてゐる！　太つた桃色の腿の上の蟻群の空腹行進曲。空腹、空腹、空腹は清浄だ、清浄だ、清浄だ、白い球のやうに、白い球のやうに。

絶望の歌

　がらんとした税関倉庫のつめたいコンクリートの上で、わたしは一人の男を介抱してゐる。この男は誰れであるのか？　わたしはそれを知らない。わたしの腕は、男の一本の脚の上で、油のない歯車のやうな軋音をたててゐる。男の他の一本の脚はすでに堕ちて了つた。朝から夜中まで、夜中から朝までわたしはひつきりなしに、男の残つた一本の脚を撫でつづけてゐる。わたしは、何ぜこの男を介抱しなければならないのか？　見知らぬ男を、屍のやうな見知らぬ男を、夜が更け月の光が燐のやうに流れても曇つた硝子のやうな眼球をかすかに見開いて「絶望だ、絶望だ、絶望してゐなければ生きてはゐられない――」と呻きやめないこの見知らぬ男を。わたしには判らない、判らない、判らない、判らない、判らない。

萎びた筒

　わたしは墜ちたつて知らんと呟いてゐるやうな木橋の上にゐた。橋の両端には、橋そつくりな朽ちた男が二人、どぶに小便をしてゐた。その中の一人が萎びた筒をぶら下げたまま歩いて来て、まだ小便の終らないもう一人の肩を叩いて、「どうしたい、どうしたい」と云つてにやにや笑つた。やがて、二人は肩を組んで、泡盛・ドブ酒・享楽亭といふデコデコの看板の出てゐる露地に這入つて行つた。わたしは、墜ちたつて知らんと呟いてゐるやうな木橋の上にゐた。盆槍して。

光について

1

骨片は、飢えた海の光である。華やかな庭は鳥のやうに消え去つた。花を祝へば、橋は頰桁を歪めて一本の道を示す。光に膨れあがつた一本の道は、墜ち凹んで一本の道の中の一本の道となつて安堵の霧を吐く、安堵の霧を吐く。

2

蟻の群が芋虫の背中に咬みついてゐる。

木の葉が一枚、蝶のやうに落ちて来た。蝕まれた心臓。小石のやうな歯。死。

3

壁のうへの蟻の凍死、焰のつらら。

4

黄ろい屋根を軽蔑する猫は嫉妬を抱いてゐる。嫉妬を抱く猫、猫を抱く嫉妬。尻尾を黄ろくした猫は辷つて骨片の日傘の上に蹲り日向ぼつこをするであらう。骨片の日傘の下に墜ちた嫉妬の猫は、石になつて河原に曝されるであらう。

5

君は知らないか？　青空を翔つてゆく鳥の翼の中に潜んでゐる一かたまりの光を。光はやがて、地上にこぼれ落ちるであらう。

6

一かたまりの光は、少女から離れないであらう、筋肉のやうに。一かたまりの光は骨片の中に潜んでゐる。骨片を翳す少女は幸福なるかな。

花

1

骨片の上に、茸のやうに生えてゐる日傘。日傘。骨片は埋めなければならない、屍のやうに。日傘は飛ばさなければならない、青空一杯に、鳥のやうに、鳥のやうに。

2

厳封された鳥は、先端から真白な焔を迸らす一本の針を欲する、青空に開放されるために。

戦争

義眼の中にダイヤモンドを入れてもらつたとて何にならう。苔の生えた肋骨に勲章を懸けたとてそれが何にならう。

腸詰をぶら下げた巨大な頭を粉砕しなければならぬ。腸詰をぶら下げた巨大な頭は粉砕しなければならぬ。

その骨灰を掌の上でタンポポのやうに吹き飛ばすのは、いつの日であらう。

埋葬

烈風が壁を引き剝ぐ。泥水の溜りへ倒れる鶏。腕を折られた樹木。巨大な重量の反響が烈風の咽喉を塞ぐ。ずぶ濡れの軍隊だ。この寒村の底へ沈んでゆく軍隊だ。下降する赭土の断層。

明日は太陽が見えるだらう。

大軍叱咤

将軍の股は延びた、軍刀のやうに。毛むくぢやらの脚首には、花のやうな支那の売淫婦がぶら下つてゐる。黄塵に汚れた機密費。

シネ・ポエム

血塩について

1　崩れかゝつた城門の頂上にはもぢやもぢや草が生え。

2　黄ろく枯れてゐる。

3　ばらばらっと群集が駆けて出る。

4　群集を蹴散らす一隊の騎馬兵、

5　騎馬兵は一人の囚人を固めてゐる。

6　馬賊の巨頭だ。

7　首枷の重量、

8　よろめいて。

9　削いだやうな頬骨に、黄塵がぱっと覆ひかぶさる。

10　河原。

11　砂礫の上に、馬賊の巨頭が立膝してゐる、

12　眼は剣を横たへ。

13 とりまいてゐる馬脚の間をぎつちり塗りつぶしてゐるボロ布。
14 雲足の早い夕空。
15 ——曠野の一本道には馬糞が凍りついてゐる、
16 それを拾つてゐる小児。
17 涙が瀧のやうに流れる、
18 ぼやける網膜にうつる青龍刀、
19 空がばつたり落ちかゝる。
20 立膝のまゝ揺れてゐる首のない胴体。
21 倒れる。
22 暗鬱な沼面。
23 鎮まつてゐた群集の壁がどっと崩れ、
24 爆破される軍国の一大橋梁。
25 血塩をどくどく噴いてゐる首めがけて押しかぶさり、かさなる。
26 血塩にまみれた麵麭を一片れづゝ食卓にのせてゐる一家族、
27 噎びなく少年。
28 真っ赤な夜空がはね上る、
29 銅色の腕がぬつと突き出され、
30 ほゝ笑む。

31 そのたくましい腕の中に現はれる小さな白い腕。

32 （受継がれる反逆の血塩！）

33 川面に響き渡つてゐる爆破の余韻。

汗

萎びた一本の腕で——豆粕の層は、肩の上から、片側に蔭をつくつてゐるからいいものの、強烈な太陽に曝されたもう一方の側は、油汗と埃とで固つて、これはたしかにわたしの顔なのだが、どうしたつて他人の顔としか思はれないんだ。胸へは蚯蚓の這ふやうに汗が流れてくる。わたしの踏先が、そいつがぼろぼろに壊れてゐたために汽船へ渡してある踏板の節穴にひつかかつて、前へ、つんのめらうとした。わたしは姿勢の崩れるのを、うしろへ反り気味になることでとりかへさうと、踵へ力を入れる。と、急にわたしの肩の上は雲みたいに軽くなつた。

途端、人間ほどの重量がうしろから昇つてくる仲間の向脛をかつぱらつた。抛り出される切石のやうな豆粕の塊。塊。うつつぷしに踏板の上に倒れた仲間の唇が歪んでぴくぴくひきつつてゐる。——丁度、下の、船の赤腹と岸壁との間に浮んだ海月からはね出たりはね這入つたりしてゐる小蝦そつくりに。この物体の力は、落下の力はそれだけでは納らうとはしなかつた。その後につづいてゐた一人は首の上に一撃をくらつて、舌を嚙み切つたが、もう泥色だ。一人は起き上らうとすると、その一本の腕が肘のところから折れて棒のやうにぶらつくのだ。

安西冬衛

再び誕生日

私は蝶をピンで壁に留めました—もう動けない。幸福もこのやうに。


食卓にはリボンをつけた家畜が家畜の形を。

壜には水が壜の恰好を。

シュミズの中に彼女は彼女の美しさを。

河口

歪な太陽が屋根の向ふへ又堕ちた。

乾いた屋根裏の床(ゆか)の上に、マニラ・ロープに縛られて、少女が監禁されてゐた。夜毎に支那人が土足乍らに来て、少女を×していつた。さういふ蹂躙の下で彼女は、汪洋とした河を屋根屋根の向ふに想像して、黒い慰めの中にかぼそい胸を堪へてゐた—

河は実際、さういふ屋根屋根の向ふを汪洋と流れてゐた。

勲章

地を這ふ「青い痣(モンゴーレン・フレッケ)」。落日が倒れた。惨憺たる終焉が戦の上に垂れ下つた。

既に一度はきて犯した屍斑が、長い長い夜陰と痛苦の後に断たれた。

困憊した軍医の手に、愴然として私の一脚が堕ちた。

天明が来た。

沼べり

私が第七十待避駅に来てから聽て一年になる。この沼べりの中間駅での明暮は、すべてが曇つてゐる。日に一度通過する急行列車が届けてゆく都会の新聞紙は、「この冬の石炭の値」に就て日増しに険しくなつてゆく社会問題を報じてゐる。だが、ここでは冬を御(ふせ)ぐだけの燃料に事を欠かさない。それは一方に焦眉の急を告げてゐる世界を控へて、果していいことか悪いことか、只私には当面する仕事がある。私はシグナルとモールス式電信機の可能を信じて、間断なく発着する列車の配線を主として処理してゆかねばならぬ。さういふ見方によつては逃避的な、併し事実として実際的な、さうしてそれらを一様に塗りつぶす曇天の中で、ここ一年私は多く二人の友と、この寂しい人生の経緯を織り始めた。その一人はこの駅に駐屯する砲兵科出身の士官（彼は又優れた作家だつた）で、今一人は沼の向ふに住む沼番の囘(ほい)である。私は今ここで主に囘を語らう。囘の断片を。さうして出来得れば、囘を通してうつすら光る沼べりを。うつすら照りかへすわれわれの人生を。

一

——梟が啼くとつくづく自分の無教育が情なくなるんですよ、梟が……

沼番の囘は、なげるやうな科(しぐさ)をしてみせた。

彼の痩せた脛に蓴菜がべつとりと——もう乾きかかつてゐる。

私は痒くなつた。

すると囘は脛を曲げて掻きはじめた。

二

コップに細菌のコロニーが四つ泛いてゐる。

乙骨（ある一等卒の名前）　慈姑。

これが私の見てゐる玉簪花だらうか？

三

どうやらこの先は泥炭地らしい。冋は手掘りをするから
私にも株をもてといふ。
チョークで番小舎にいたづらをする。

冋　Signior Pigeonhole & Co. Ltd.

四

なんといふ大袈裟な錠のはめやうだ！
――硝石小舎なんです。
――硝石？　煙火の製造か？
――ハムを造るんですよ。冬いらつしやらないもんだから。

ハムを造る――見渡した所、どこからともなく吹きたまるこの落葉の中で、それは冋以外の誰の仕事でもない。利用厚生。すべてがかうである。ここでは生薑の葉を芦の中に照照（てらてら）戦がせてゐる。彼の説くところに拠ると、それはイミタシヨンのもつ羞恥性を利用して、羞恥心が作用する永遠の若さを助成する方法ださうである。この計画は見事に成功した。現に生薑の葉はあのやうに油つこく身もだえして羞らつてゐる。一方その反射（てりかへし）で伸びてきた芦の髄からは、食糧問題解案の鍵を、彼はすでに発見してゐるといふ。私はこの驚くべき事業。冋の才能に就てゆるゆる物語らう。

五

ビスケットに使ふ粘土（ねんど）に鍬を入れ乍ら、冋は彼の工夫した代用麪包に就てその抱負を披瀝した。

まづ第一に芦の髄から麪包の種をとること。尤もこれは未だ加工の域に至らないこと。

次にシンジユ（樗科の木）から硫酸紙を製出すること。

これは将来麪包の包装用として。が、これ又第一案の解決しない以上当然着手の限にあらざること。

最後にその麪包を輪串印冋式代用パンと登録して、その包装紙にパンの焼棒を印刷して売出すこと。どういふものかこれだけはもう出来上つてゐる。現に彼は大に得意で、併しまことに覚束ない手つきで、○――型をかたどつた。

私どもの頭の上では先程から木喰虫が、認められない仕事、孔を掘りつづけてゐた。

突然、濡れた鋸屑が落ちて冋の襟首をよごした。冋は一瞬けげんな容子をして鼻紙で襟を拭きとつて調めた。そして、その鼻紙で認められない仕事、木喰虫の孔に栓をした。

みてゐるうちに冋の顔がパセエティックに歪んできた。

――まあ早い話が手前の脳味噌でどうやら目鼻のついたのは輪串のしるしだけなのです。あなたは御存知でせう。輪串といへば人聞がいいが、往昔英国で無筆者が署名の代りに書いた、まあ早い話が無学の看板のやうなものなのです。万事が都合よく出来てゐますよ。木喰虫にまで馬鹿にされる、なによりもそれがいいみせしめです。いつものなげるやうな、科が演はれた。

それからベト病にかかつた胡瓜のやうに、冋はぐつたりした。

六

私は火蓋を切つた。台尻が肩を衝いて、その余勢が胸板を滑つた。私は草地を少し踏躙つた。

果して鳴は堕ちなかつた。そして卑しい蛭のやうに、彼は蓼の末に吸ひこまれた。

私は銃を友に委ねた。

獲物は何もなかつた。

私達はそれから灌木の中を、以前友が書いた「空の遠くから切ない網を撒かれるやう」な日暮の迅さに追はれ乍ら帰りはじめた。

湿った会話が道道冋の上に下りてきた。

私は彼のノーズへビイを言つて、芦の髄から麪包をとる話をした。私には冋を晒ふ気は少しもなかつた。が、友は――「私たちの過ちからでなく、起つてくることが何でそんなに悲しいものか」といふ「燕」の作家はもつと冋に敦かつた。

それは「僕らのコンタンポランを感ずる」といふ言葉だつた。

灌木が尽きて道は沼尻に出た。

もう暮れかかる東を、真直に立昇るいくすじもの煙が空をよごしてゐた。そこは私の帰つてゆくところだつた。

冋の小舎が灯つた。

梟が啼いた。

堕ちた蝶

「私は空砲を放つて、面紗を被(かつ)いだ大気に孔を穿つた。そして行手に横はるであらう河身――沃土の発見に力めた。併し私の足下には苦蓬さへ今はあとを絶つた空しい曹達地が、無限に移動をつづけるのみであつた。

磅礴するこのエーテルの中には、刻々歴史に改悪されてゆく文明、(その胸の中に憲兵を伴つてゐるプロシヤ人)。苔の匂のするタブーを纏つてゐるインヌイト。デカルトの解析幾何学。《樹の中にある代数学》。甘粛の宗教戦争。成都の万里橋。スミルナの無花果。**御冬(みふゆ)の中にのつてゐる**蝶等一切の微粒子が、タピオカのプディングのやうに私を密封してゐるのである。

にも拘はらず、この不毛の地から脱出して、それらの実体と和合する可能性は、殆んど私の飢渇の前に竭きてゐた。

私はしばしば火を燃やした。焔が蝶を招(よ)ぶといふ土人の伝説を憑んで……」

＊＊

すべてが過ぎ去つた。

そして今ではすべてが眠つてゐた。

ただ、この夜陰——罪の堆積の下に、自分だけが目ざめてゐた。

一年前に嘗めた韃靼紀行の苦(にが)さが容易に私を眠らせないのである。

私は強ひて目をつむつた。

すると、御冬(みふゆ)の優しい骨盤——石灰質の蝶が苦(さ)えてくるのであつた。

近藤東

豹

1（檻の中）

○豹。が仰ぐ晴天。（縞のある青布です）眺めやる子供たち。此方(こちら)向いてる、痩せた、ぺらぺらな、瞳の暗い、子供たち。それが……

○だんだん、湿地の草、灌木、羊歯類、月夜茸(つきよたけ)になる。（幻です）

○貿易風。扇とゆらめく原始林。一本の鬱々の老樹。によぢ登りよぢ登り、天に咆哮するは、豹の転身、

○現身(うつしみ)の彼。は仮睡(まどろみ)に堕ちて行く。（諦です）彼の祖先の俤。が静かに招(よ)ぶ。（どれも同じ容貌(かほ)です）

○昼の月。（青布の紙票です）

○かくて、豹は睡る。

2 （檻の外）

○豹は睡る、檻車の中で。

○痩せた老人。（まるで柊の葉つぱです。この移動動物園の支配人です）ぺこぺことお辞儀をする、目の前の士官に。

○士官はあるみにうむ色の軍服。後に兵隊。紙片を渡して、檻車を指さす。老人の悲しげな視線。

○紙片には『豹ヲ銃殺スヘシ。一九一五年。ふらんす第三軍戒厳司令部。』

○豹は睡る、檻車の中で。

3 （天国）

○公園。を散歩する人々。皆、制服。（天国は平等です）胸章は違つてゐる。……

○十字架の胸章の人……（前世は牧師です）

○SKELETON KEY の人……（前世は泥棒です）

○何も無い人……（子供です。基督です。そしてあらゆる無職です）

○豹も居る。今、睡つてゐる。矢つ張り檻の中で、檻に貼札。それは……

○『豹。天国動物園保管』とある。

○豹は睡つてゐる。尚も。檻の中で。

レエニンの月夜

橋からの下り勾配。黄包車は西爪の種だ。西爪の種はコムニストではない。

黄浦江の靄は拳銃を乱射した。**ソビエエト**領事館の窓が無数に散つて光つた。空色の軍艦が水兵を吐瀉した。陸戦隊。透明な哨兵は一着の黄合羽である。

ぼくは月夜を感じた。月夜を。**レエニン**の月夜を。寝台の中で。女は白系**ロシア**の食用薔薇。女は機関車のやうにおしかかつて来た。ぼくは轢死する。

月蝕

月蝕は彼女の生理を黙殺した。月蝕的な存在は憎むに足る。

棉埃の中で彼女は幼年期の海を再験した。不愉快な海は悲哀のやうに胸に迫つてきた。喀血。

蒼白な額を支へながら（額の履歴！）、ぼくの背中は冷たく濡れた。彼女の故郷は氷雨であらう。凄惨な氷雨であらう。

吉田一穂

故園の書

春

過ぎてゆく一雨ごとに、鮮麗な落葉松林の感覚が、さつと浅緑に芽ぶく。みすぼらしい亜寒帯植物が泥沼の辺りをおづ〲と寇しはじめ、雪解の水は溢れて樹木を涵し、落ちて雪に埋れた去年の林檎が浮いて流れる。光と影に眩暈く水の氾濫！

湿潤な濛気のうちに、水底伽藍の海楼夢の如く、幽暗（アンクリット）の生命が形態への意識にめざめてくる。樹液は青空に梢頭の夢を描き、早春の彼方へ鶫の群が放浪してゆく。自然は太古に甦り、春の鼓動を昂めてくる。李、桃、桜、こぶし、胡藤、林檎の花など一斉にひらき、馥郁の香気と夢幻に傷む春宵もなく、忽ち惜春の嗚咽を聴く麦雨の晨、林園に散りしく落花、雨水の痕の泥まぶれ、或は堰にあふれて境界を越え、おちて谿流のたゆたふ遠きあたりに一葩の名残りを掬する人をして、いたづらに朔林の春を嘆かしめんか。

童骸末不焼　哀夜来白雨　蔽柩以緑艸　待霽故山春

夏

蜜蜂は光を醸す琥珀色の昂奮に酔つて、小舎のまわりに圏を描く。日時計に黄金を浪費する蜥蜴、光彩をつむぐ向日葵の週転円、木蔭に睡る園丁達、滾々と泉がひそやかな琶音を奏でてゐる果樹園の真昼。

裸体・太陽・果物——晴天は野外に、雨には竈り、燭を用ひぬ日没後の安息、この単純な方式に拠る自然の沐浴は、人間生活の原則（プリンシプル）である。人が人の労働を搾取する資本主義的経済組織の桎梏に、その奴隷制度の鉄鎖に囚はれて、生活を纂奪され、労役の苦痛を嘗め、常に生存を脅威されて人間は一個の機械人となつた。人間の生活は再び自主労作の悦びから始められねばならない。すべての生産機関が共有とならねばならない。農民の本質は日出而耕、日入而息、井鑿而飲、田作而食、帝力於我、何不関哉といふ Anarchique な思想を基調としてゐる。土地は耕すものゝ所有である！　政治は権力であり、強制・支配の行政権は土地を破壊し、生産を掠奪するほかの何物でもない。たゞ自由連合組合の網目的な自治体のみが、この土地を嗣ぐものたるであらう。我々はアルサス・ローレンに、セルビヤに、ポーランドに、印度に、朝鮮に、侵略的植民地の到る処に土地と人間の悲劇を見る。農民は図面上の境界線に拠つて支配される隷属者ではなく、寧ろ神の国の臣民である！

北方の洞窟で誕生した夜、産舎の上に、鷲座（アクエラ）が南中してゐた。この不吉な赤い太陽の運命のもとに世界を視た私は、年々荒廃してゆく痩せた土地に、鷲の如く飢え、そして夜毎、地平に低く孤影を点ずる天幕の灯フオマルハウトに、緑の草原を夢みるのである。

秋

楚々として秋は来た物自体（デング・アン・ジッヒ）のきびしい認識を越えて、人を清澄なパンセにまでひき入れる像（もの）の陰影の深まさる時——

汗と土と藁の匂ひ、収穫の穀物倉の詹に雀の巣が殖えてゐた。納屋の隅で蟋蟀が鳴く。空のヴアガボン渡り鳥の群は、切株畑に影をおとして再び地平の秋を旅立つていつた。霧の中で角笛が鳴つてゐる。放牧の群が帰つて来る。私は芦のうら枯れた沼の辺りに下り立つて、鼠色の湖心に移動する野鴨を銃口の先で焦点する。

空は北方からその雲翳をみだしてくる。草は北海からの塩分を吹き送る東南風に萎れ、北風に苛立ち西風に雨を感知して、日に日に地表はむくつけき麤い容貌と変つてくる。父の如く厳つい自然よ。そして母の如くも優しく美しい季節よ！　いまだ火のない暖炉の中から蟋蟀の細い寂しい唄が聞えてくる。燈が机の上に暈を投げる。私はルネ・バザンに読耽ける。そして幾度となくエリゼ・ルクリユと夜を徹する。天蓋に銀河が冴えて横はる。プレアデスやアンドロメダ、天馬の壮麗なシステムが一糸みだれず夜々の天に秋の祝祭の燈をかかげる。

冬

夜、孤独な魂を点ずる燭がある。片照る面を現実にむけて、蜜蜂の去つた地平線を想ひ、自らの体温で不毛の地を暖めながら待つ春への思索の虹――この雪に埋れたヒユツテの一室に私は暖炉を焚き、木を斫り、家畜を養ひ、燈火の下で銃を磨き、嵐の音に沈思する。

今朝、谿の斜面に楢の木立が鮮やかな藍と紫の影を印してゐた。丘に沿ふ美しい起伏を痕して吹雪は去つた。雪は蛋白石（オパール）の神秘な内在の世界を光耀する。落葉松林の奥で肉食鳥の声が鋭い。斧がキラリと光り、丁々と木精は冴え、粉雪を散らして木は倒れる。尺寸の幹すら四五十年の年輪を刻んでゐた。私は自然を会得する一本の草木の如く生きて疑を懐かない。冬の脅威から家畜を戍り、苛酷な自然に面して一挺の斧と銃とで営みを続けてゆく。一塊の土のある限り農民は、氷の上にすら田を作り得るであらう。彼等は蜥蜴に変形しても生命を保つ。が一度、社会組織の残忍な纂奪機構に入り込む時、彼等は人と人の間で餓死せねばならない！　自然と適応する最も単純な様式が生活の根本であり、人間を労作の自主たらしめる生存権の奪還方法である。

外には北極星（ポーラリス）が寒気に磨かれて恐怖に輝いてゐるであ

らう。馭者座（カペラ）は金色の五辺形を描き、参星（オリオン）も高く昇つたであらうか。霜にとざされた硝子窓に愴絶な青光を放つてゐる爛々たるは彼の天狼星であらう。私の頭脳にスピノザがゐる。そして私は絶えずハムズンの強烈な生活意欲の息吹を感じる。

　地平線を遠く吹雪が吼えてゆく。

火

夜来の雨の名残りは梢に高い。熟らぬ泥土、裸木を日光に曝して空は冷たい。掌の磁石に雲が動く。生の流れを閲ぐ河床に激越して渦まき、枯草を涵して濁流は氾濫する。犬、馴れたる獣は、昂い自然の破調に身悶え、側を推流する原始の声に歯をむき、野生の気息に挑んで吠えた。荒れた自然の呼吸（いぶ）くまゝ鼓動は昂まり、環る血行の妖しさ、すでに激流は身を貫通した。この鮮かな生の一（ひと）時（とき）、声をあげて、唯一の真実である必然の、その避け難きに謙譲な弱い一生物！　木に縛されて胸は箭を待つか、肉を破り、歯を砕いて縛（いましめ）を嚙む生のもがき！　否、自然に叛いて火を作り、神への狼煙をあげたものの裔なるこの手に、尽きせぬ営みの火は……。おゝ自然と人間の電位差にスパークルする感性の野の落雷！　つひに私は何ものをも愛しなかつた。

内部

外部に歯をむく垂直な骨格をした人間（エケ・ホモ）は、その最悪なる生活の断崖に爪を研ぎ、吠えて月は落ちた。敗衂の泥土にもがく日々の陰惨なテロア！　つひに堪え難い飢渇が、ガツクリと膝を折つて彼を突き倒した。虚しい反射痙攣の描く半円を痕して。忽ち霾風の死斑が翳つて肉体を冒した。

彼の内部から蒙古（モンゴール）の原始へ羽根を開いて一羽の鷲が戦慄した。そして離魂した自らの腐屍に、鋭く嘴を突き立てゝ啄み貪つた。骨を刺す劇しい痛痒が、嘈々と渦く意識の暗流に白鱗を閃めかした。彼は立つて蹌踉と再び内面への深潭へ投身した。

山田一彦

天国への通路

ou Quand l'Eternel s'aproche de la fin de L'ETERNITE

I

例へば貴方は静かに花でふちどつた鏡にうつるように眼鏡をはづせ、包丁をもつて真赤い林檎を真二つにわれ。花の鏡の花弁のゆれないように、最善を尽して真赤い林檎を真中から真二つに割れ！ 貴方は僕の友達の中で最も悪い奴です。が、もう、よい！ 紅葉色のネキタイをはづした天使が貴方を林檎の中は赤くない白であるとつぶやきながら迎ひに来て居る。

II

真珠貝の鏡の中に夢のように青い傘をさした青い年齢のドモアゼルがシガアの煙をいつぱいつめた夢のような

浮袋を両胸に飾つてマダムみたいに劇場で夢のような扇をひろげました。
劇場は時ならぬ夢の花でいつぱいに咲きました。詩人たちは夢のようなパイプで銀河(ボア・ラクテ)を吸つて居ます。すべてが夢のやうな天使の鏡でふちどつた花のテアトルです。

Ⅲ

劇場から出る長い腕が鏡のふちにとゞくように毛眼鏡の如く朦朧として抽象的な風景に朦朧として毛眼鏡の如く抽象的な風景の如き人間を運ぶ石段に於いて非常に貴重である珊瑚は紅玉の鏡の如くである。紅玉の舗道とVOIE LACTEE は天国と地獄へのふたつの道である。例へば貴方は紅玉の舗道を三度乃至は二度その方向を間違へねばならぬ程明瞭に白い衣裳を着けた老婦人の広告あるひは花のようなふたつの道である。

Ⅳ

蕊のような髪を分けた詩人の顔は夢のようである。花が散るよと鳴く鶯の唇のように夢である天使の唇を天国へ向けた詩人は夢と死のように分けた蕊のような髪を後へなでる。詩人は死んだパイプを啣へて死の眼鏡を懸けて机上の遺言書から毛眼鏡のような夢の影をケシゴムで削つて紅玉のやうに明瞭になる。
『実業家は詩人と関係なしに崇高なる淫売を営む天使と夢に関係はないのである。』と

Ⅴ

七面鳥は長靴を沓いてシルク・ハットを懸け胸に穴の空いてゐる奇麗のシユミーズを着て居ます。もしもそれが正月の毛皮で喉をふくらませた貴婦人にみえますか貴方達はもう貴方達の後の鏡の中に死んだ美の影を誰にもさとられないように眼鏡の手袋でぬぐふことを覚えたのです。と思ひます。

Ⅵ

ラウドスピカへ唇を当てて活動写真をアルコールで消毒しやう。ついでにその黒い手袋の細い電話の糸を歯磨刷毛で磨いておかう。天国への路は坊主頭のように球に

似て居て理髪したウニのように不潔だ。

永遠の処女ダイアナは永遠が終りに近づいた時その電話線の上を笑ひながら私と腿を組んで天国へ恋人を探しにゆく最初の仏蘭西人でも、独逸人でも猶太人でもある淫売婦であり彼女は下界のアンテナの上へ電線が無くてもアイロニイの無い所へアイロニイの通ずる探偵アポロをペテンにまいたラヂウムのように輝くダイアナの毛髪を電話線のやうにしかみえないように垂れて居るとしかみえない。一九二九年一月五日に天国と下界はそれほど完全に接近してしまつた。

UNE VOIX ETERNELLE

余よ裸体の指輪をはめし紙幣の電話の金貨幣を売れよ
午後　列車に乗らんとする貴婦人の夢あるいは小さき美少女に紙幣の声を話せよ
あるいは五本宛で完全に明瞭である指の方向は菫色の影が決定することもあるだけであることおよび考へることは無用であるよ
爾美少女余よ　余が空虚のコップをもつて自由の電話をする時間　爾美少女余よ桃色の意志の雨降り終り既に襟飾色のキヤルマタの見える程度に逆立ちしたまへ　パラソルのことは橙色になつた時間彼女自身開いたりするからである
探険家的寡婦なる余は美少女的にも円滑なる電話を撫でたりする　どうでも好い鼻眼鏡をさへかけなほしたりして居るのである
あるいは美少年色なる虫色のリボンは蝶の重き翅の如く太陽の後で曇るかもしれない　余の鼻眼鏡も電話線のうえで曇るかもしれない
端艇の星の線を曲げる奇術娘余がキヤルマタをはいたりはかなかつたりしたのちだからであるか
爾余は余の恋人なる美少年であつてもいいから例えばの如き舟唄を歌ひ終つたのであるよ爾淫売婦余よ　一つの交接も終らないであるか　あるいは睡眠せる金貨幣の象の上の永い鼻輪　爾は薔薇の誰かの口髭を舐めるか
爾等よ　忘れたり微笑したりする象の永い鼻の上の無理

由の時計と無目的の Mathematicus は間違ひつこ無し
爾等よ　仮りに絶対的なる産毛の植えてある指輪に関係なきホテルが建てられるであらうその屋上庭園にある活動写真の赤切符を想像せよ　あるいは切符のほかの何か　宝石色のパラソルは桃色にも似て居ない　未知の何にも似て居ないのである　早く電話色の帽子を着せてしまへ
爾等よ　爾等の腕時計の指針よりも卓上電話の声の方がプリズムの恋愛をはやめることがある
あるいは女医者の役を演ずる余の鼻眼鏡は室内の香気の落としたのでも関わないのである電燈の下で暗らくなる接吻の男子余は眼鏡の硝子と幕を失くして舞台の女優の臀に接ぷんしたよ
爾人形少女余よ　飽きたよ角力をとらうではないか　菫色の涙の降る薬瓶の影に於て　影が舞踏靴の裏に無かつたら桃色の鮭がトオキの声を話してみたりするものである
軽薄は卵のカラであるか
卵の紙幣を売つて卵を買へ
退屈であるか
緑色の盲人が襟飾をえらぶより簡単である　もつと明瞭なことは無意志の紙幣をいちまいいちまい腕の宝石におしつけることである　接ぷんし合ふことである
令嬢の階段に於て獅子のコワイ髭のうえを幕をあげて踊るのであらう　余は処女の Vagin に接ぷんして蜃気楼を喰ふ
爾等よ余が喇叭的紙幣的水族館(アカリオム)の硝子の向ふの青きプリズム色なる鯨の鱗にうつる襟飾をなほしたりするのが解るか
ゼラチンの縮れて居る頭髪の陰毛を撫でて居るOPTIMEの余が生殖器を欠除して居る理由の無い少女と爪をあげて遊ぶように博物館から頭だけ出して居るのが見えるか
飛行機があつたら乗つたかもしれないいま爾等よ　爾等はなにを忘れようとして居るか　生れる時のことを忘れちやつてるから忘れることを忘れないよりほかに幽霊の青い口髭の植わらない方法は無い　といふ爾等去勢されたる美少女等よ魚達は可愛い顔をして居たか爾等よ余の金貨幣の爪は糸を切れたりしながらもモニユマンのうえ

を遊ぶのが見えないか単に紫陽花色の海に糸をたらしただけである
猫の髭がのびたからとて海水着のまま海からあがらんとする爾等美神よ　腿は絹をかむせて並んで居ることを忘れたか
あるひは紙幣的な美少年よ　爾が爾の美女を陰毛のまま電線に結すぼうとしたが巧くゆかない　紙幣的な美少年がヒラヒラしただけであることは滑稽であるか
すべての爾等よ　理由なき女優の胸のポケットより魔女の好む理由なき数の加留多を抜きだすことは最も何もないことであるか
すべての爾等よ最も安全なる優弱の獅子の髭の上に眠れ　而らば万能の余機械の如くあれ

RÉVOLUTION　あるひは転形期感想

私は飛行機に乗るモンプチそこで私とお前は唯一つにして永遠の完全なる★★を初める私の★★★は★★するに最も都合よくなつて居るもし万国のブルジヨアジー並びに万国のプロレタリアート誤つてわらわの飛行機に汝等の高射砲を構へて尚もわらわの★★を狙ふ曲芸を試みようとするのか我等は自然なる★★によつてすべての穴を密閉する高射砲は尚もうつかわれわれは流行の中心地パリのマネキン達最新流行の衣裳を携ヘル・ブールジエ飛行場よりデンマークのコペンハーゲンに向はんとするものであるブルジヨアジーが最後の商品をさばく最後の方法として最も尖鋭化された商品販売人どもであるあるひは二〇〇〇呎の摩天楼へ二分間の昇降機によつてはこばれたその屋上より出発したアメリカの俳優どもでもである高射砲を打てよ当つたらおちてやらうわらわは既に★★して居るわらわの★★★の形は★★に最も都合のいい形になつて居る飛行機をうてよお互に打ちあへよ矛盾の解決は戦争が最も正当であることを悟つたかうてうち合へわらわは既に★★して居るわらわはフロリダ州マイアミのマアガレット・ドロシイ・イバンスである永遠に暴虐である永遠に人間のうちにすむ永遠人間の仇敵である永遠の血塊である永遠に純粋なる永遠の革命である永遠

の無の如き呪咀を生みおとす打てよわらわの嬰児にあてよ嬰児は億万の嬰児となつて飛ぶわらわの嬰児は永遠の呪咀の永遠の革命の永遠の自然の永遠の戦争の永遠に生長せし汝等の永遠の仇敵である敵よ味方よモンプチ永遠の矛盾１９２９年10月ワシントンに行はれたる米国海軍記念当日海軍飛行士が僅10秒で一せいにパラシユートを握つて飛んだ有様に砲丸を加へて想像せよ。永遠の呪咀の仇敵は革命のうちへ冷笑しておちる冷笑して再び時をまつであらう永遠の呪咀の仇敵は戦争をみる永遠の戦争は永遠に続く。

滝口武士

水

雲は天の乳。乳に適切の口を繋げ。古き土の如き口を。乾いた汗の輪の中の一輪の薔薇。それは生命の紋章であつた。

水の流勢は人体を通利するであらう。鏡を覗け。顔は鏡よりも鏡である。

水は夢みる鳥の周囲に宇宙を生む。その水に口をつけると、鳥は川の上を逃げるであらう。ボートのように。水の廻転の中に私は私を飛ばされる。

水は毛の如く空に上げられる。空の棚、棚、棚。手長蝦の如く手を伸ばせ。棚の上の一塊の雲は卵である。掌の上に眠つた急流のように。

青空

一本の毛髪の上に無限の青空が支へられてゐる。毛髪に
　青空を吸収せよ。

鳥の筒の中を冷い風が通つてゐる。銃身のように。

一羽の鳥

　手巾の綾に畳まれた一枚の鳥を射撃せよ。それは写真機の中に飛び込む陰影の鳥の類であつたか。それは生命の一つの形であつたか。その線は分割された。煙と共に。
　銃丸に破られた硝子の中で精霊が跳ねてゐる。

森

猛獣に襲はれた狩猟者は、樹の如く窒息した。噴火口を膨らした儘。森の中の空気が来て、彼の口を圧するであらう。

塔

潜水服の中に密封された男は、夢の塔の中に入つてゆく。強大の心臓は遠ざかる人間を感ずるであらう。彼は発砲出来ない。心臓を窒息に馴致せよ。

窓

光の燃性が彼女を導火する。炎の中に封じた多量の闇。闇は炎を去らないであらう。罪のやうに。

飯島 正

楽器

あけはなされた窓に、楽器が、月に照らされてゐる。やがてパチンと木が割れる。部屋の中にゐた男がその楽器をとつて、弾く。隣の部屋の女が、かん高い声で神様を祈り出した。

街にゐた男は窓を見上げて、窓の草花を見て、笑ふ。花びらが路上に落ちる。楽器が落ちる。街にゐた男がそれを拾ふ。

馬車の音がする。男は馬車にひかれる。楽器も馬車にひかれる。男は無事に起き上る。馬車ばかりではない。電車、自転車、自動車が街に一ぱいだ。男は立ち上つた。空を見た。家を見た。そして耳を澄ましてゐた。

シネマ

シネマには影がゐた。

昼間は、舞台にゐるがやがて見物席に下りてくる。空いてゐる席が見つかるとそこに腰掛ける。空席がないと、椅子のわきにしやがんで待つてゐる。だから君たちが見物席で、誰かと一緒に映画を見てゐるやうな気がするのはそのためである。

夜になると、それはおもてから入場券を持つて這入つてくる。女案内人が案内をして空いてゐる席に坐らせる。くらがりなので よく人の背中につかまることなどがある。人は、知つてゐる人だと思つて振り向かないでゐる。空席がなくなる。するとそろそろ舞台に上つて集合する。エクランの人物はこの時静かに挨拶をしてひつこむのである。

シネマには影がゐた。

宗教

草の生えてない庭に向つて、僧侶が経を読んでゐる。しだれた小枝にとまつた雀が、部屋の中をのぞいてゐる。にぶい金属の光が部屋の奥に流れてゐる。又屋根の上には大きな瓦が載つてゐる。

見物人よ入り給へ。だがこの空気を乱してはいけない。この細い暗い廊下を通つて、音楽が聞こえる明るい金色の部屋を過ぎて、その北の扉をあけ給へ。重い扉を。開いた扉はうしろに閉ぢた。風が吹く。鍵がしまる。鍵の音。風の音。下から吹き上げて烈しい渦となる。疾走する急流、放射する寒冷。

破れた着物は棄てなければならぬ。そしてただ風速計のこわれた塔にのぼらうとするのだ。

煙突

野原のはてには人家があり、煙突がある。煙突は白い。大きい。そして誰でもそれを目当にゆくのである。僕は木枯の吹く晩にこの煙突を見た。月が出てゐて、煙突の膚は塔のやうに光つて見えた。煙は今日は降らなかつた。それ故にこの時煙突を見つめてゐる人がなかつたならば、煙突は空へ上つたに違ひない。

竹中郁

「土のパイプ」抄

リヨンにて。

橋上から投げられる麵麭屑（パン）を、鷗は自分の速力を誇りかに示すやうに、それを空中で捕へてみせる。だから軽い麵麭屑（パン）のかはりに少し重い木片（きぎれ）をなげると、たちまち下の河原に嘴をぶつけて、一枚の手巾（ハンカチ）のやうに身をもだえた。

大洋にのぞむと僕は妊婦のやうに呼吸（いき）ぐるしい。このとてつもない空気の層をまへにして、あまりに僕の肺臓は小さすぎる。

草花舗（はなや）の装飾窓（ショウウィンドウ）が花の吐息で曇つてゐる。
花にも思ふことがある。

子供のゐるところ、必ず太陽が努力して光（ひかり）をそへてゐる。ぐるりでお天気が充分に燃えてゐる。

女は鏡がすきだ。始終、手提袋のなかにしのばせておく。やがて鏡が、彼女たちに反逆しはじめるのを知らないのか知ら。

優生学。
交尾する牝馬に名馬の写真を見せたまへ。
交尾する牝馬に海岸蝙蝠傘（ビーチアンブレラ）を見せたまへ。
交尾する牝馬にランニングを見せたまへ。
交尾する牝馬に美しい花束を見せたまへ。
交尾する牝馬に　交尾する牝馬に。

骰子（さいころ）の目が自分の思ふがままに出だしたら、なんと云ふ不幸の始まりだらう。その人は、もう賭博にさへ身を忘れ得ない証拠だから。

完製せるモデル女。

モデル台に立つて、あらゆる角度の視線の雨をあびたので、今では彼女の姿態（ポーズ）に角（かど）といふものがない。


たびたび見る路次うらの一場景（セーヌ）だが、……

戦争で両足をなくしてしまつた父親が、暮れかねる午後六時の窓ぎわの明（あか）りで、新聞をよんでゐる。彼は娘の帰つてくるまでは、どんなに暗くても洋燈（ラムプ）をつけようとしない。

彼女が帰つてくると、狭い家中（いへぢう）は洋燈（ランプ）が二重についたやうにかがやく。父親と娘とが晩餐をたべはじめる。


光る鉄砲に光る弾丸（たま）が列んでゐる。まるで日曜日から土曜日までのやうに。引金（ひきがね）をひくごとに、何万年来の倦怠（アンニュイ）を深めるだけで、手には重い鉄砲だけがのこる。

まるで悔ひのやうに。


白いエナメルの反射が美しい軀（からだ）をふちどつてゐる。

石鹸の泡でまへをかくして詩人が立つてゐる。

これがヴェニュスなのでせうか。


詩人の美しさは鏡の中でだけでせう。

いいえ、鏡をこわしてごらんなさい。


汽車は地中海に沿つて走つてゐる。

僕はこの風景を描写する。

美しいタイプライタアの文字で。

この永遠の風景を押ピンで、壁の真中へとどめるやうに。

美しいタイプライタアの文字で。


人ひとりゐない海岸を歩くのは、自分自身が烏（からす）になつてゐるときだ。吹きちぎれさうな翼（つばさ）を両肩に感じる。

夕日の氾濫、おびただしい夕日の氾濫のなかに沈没しよう。一瞬のうちに何万年以前を生き、何万年未来を生きるのは、かかる時にたつた一人で、自分自身を気体にまで燃焼させてしまふのにある。

百貨店　Cinépoème
à M. Man Ray

1　開いては閉まる昇降機（アサンスール）だ。人ひとり居ない。

2　床のうへに落ちてゐる花だ、花弁のない花だ。

3　階段を駆けのぼつてゆく靴靴靴。女の靴。

4　中に踵のとれた靴。

5　鏡の面で身をくねらせてゐる宝石の首飾りをつまんでみたまへ。美しい宝石は美しい蛇類に似た執拗さをもつてゐる。
(そこの鋭い光線が井戸を覗くやうに深い。)

6　軽快な計算器が舌をだす、舌をだす、舌をだす。

7　白い舌。

8　美爪術（マニユキユール）した細い女の手だ。

9　一グルテンの銀貨を掻き集める手、女の手。

10　計算器がとまる。その数字の最大限（マキシマム）に達したからだ。

11　自動車の後尾（テイル）の排気孔からでる瓦斯の断続。白い瓦斯だ。

12　大きな赤ん坊。

13　独逸文字で「この子の父親をさがしてゐます」

14　装飾窓（シヨウウインドウ）にうつる絶叫せる群衆。

15　母親は硝子（ガラス）の中で傭はれて、生きてゐる人形を務めてゐる。

16　裸体の母親。

17　特に美しい足から股。

18　白い夜会のネクタイが飛ぶ。蝶々をまねて飛ぶ。

19　ただ廻転する、廻転する廻転ドアー。空虚な白昼の廻転。

20　（その中に囚はれて動けぬ男の影が見えますか。）

21　驟雨と廻転ドアー。咫尺をわかたぬ急劇な廻転数と雨の線とだ。

22　二十三秒。

23　流れに浮びあがる花。

24　まもなく揉まれる花。

25　手の下に手、手の下に手、手の下に手限りなくでてくる手、手。

26　計算器の内部の美しい囁きをみよ。機械と死んでゐる花。

27　階段を駆け下りる鼠だ、鼠だ。

28　振りかへる鼠。

29　押し擢かれた花、形のない花が、折れたマッチ、焼けた紙、硝子の破片、煙草の吸ひ殻などと一緒に落ちてゐる。

30　開いては閉まる昇降機だ。人ひとりゐない。

雨後

雨があがる。水たまりがのこる。子供は踏まないやうに
海峡を越えてゆく。

ラグビイ cinépoème

アルチュル・オネガ作曲

1　寄せてくる波と泡とその美しい反射と。

2　帽子の海。

3　Kick（キック） off（オフ）！　開始だ。靴の裏には鋲がある。

4　水と空気とに溶解（と）けてゆく球（ボール）よ。楕円形よ。石鹸（サボン）の
悲しみよ。

5　《あつ　どこへ行きやがつた！》

6　脚。ストッキングに包まれた脚が工場を夢みてゐる。

7　仰ぎみる煙突が揃つて石炭をたいてゐる。雄大な朝
をかまへてゐる。

8　俯向いてゐる青年。考へてゐる青年。額に汗を浮べ
てゐる青年。叫んでゐる青年。青年。青年。青年は
あらゆる情熱の雨の中にゐる。喜ぶ青年。日の当つ
てゐる青年。

9　美しい青年の歯。

10　心臓が動力する。心臓の午後三時。心臓は工場につ
らなつてゐる。飛んでゐるピストン。

11　昇る圧力計。

12　疲労する労働者。鼻孔運動。

13 タツクル。横から大きな手だ。五本の指の間から、
苔のやうな人間風景。

14 人間を人間にまで呼び戻すのは旗なのです。旗の振
幅。(忘れてゐた世界が再び眼前に現はれる。)三角
なりの旗。悪の旗。

15 工場の汽笛。白い蒸汽。白い蒸汽の噴出、花となる。

16 見えぬ脚に踏みつけられて、起きつづける草の感情。
中に起きられない草。
風、日に遠い風のふく地面。

17 ドリブル六秒。ころがる球（ボール）。雨となるベルトの廻転。

18 汗をふいて溜息する青年。歪んでゐる青年。《球（ボール）は
海が見たいのです。》

19 伸び上る青年。松の尖つた枝々。

20 密集（スクラム）！ 機械の胎内。がつちりと喰ひ合つてゆく歯
車。

21 ぐつたりとする青年。機械の中へ食はれてゆく青年。
深い深い睡眠に落ちこむやうに。

22 何を蹴つてゐるのだらう。胴から下ばかりの青年。
(ああ僕は自分の首を蹴つてゐる。)

23 Try（トライ）！

24 旗、旗旗旗。

25 わつと放たれた労働者の流れが、工場の門から市中
さして。夕闇のやうに黒い服で。

26 飛んでゆく新聞紙、空気に海月（くらげ）と浮いて……。

27 踏切がしまる。近東行急行列車が通りすぎる。全く夜。

28 落ちてゐる首。（どこかで見た青年だ。）

29 太鼓の擦り打ち。鈍く、鈍く。

30 雨だ、雨だ。

横光利一

善について

書く何事もないとき何を書かう。わしは塵埃を机の上から払い落し、遙かに傾く巨大な胸を感じる。あれは何物か。

Svagatam te tuybam

早春に斬られた古木。昼の月。風の中で足を上げて転げてゐるのはわしの子供だ。わしは中古の勇士のやうに神々を信じよう。

わしは蚕と栗と馬とを愛す。わしは甲冑を愛す。わしは背皮に落ちた昆虫を愛す。わしは動かぬ卵を愛す。わしは北を愛す。わしは鷲のやうな凶を愛す。

Svagatam te tuybam

わしは穀物に向つて合掌する。わしは磁石を愛す。わしは金色（こんじき）を愛す。わしは眉毛を愛す。わしは茄子を愛す。わしは花へ水をやることを注告する。春がくれば、わしはみんなの蔵の中を見て廻らう。

わしは断片の光りに躓いてはならぬ。わしは錆びついた正しさを研ぎ出さねばならぬ。わしは爪を愛さねばならぬ。

油

暗夜の襲撃。その時には私は水々しい一本の魚雷になり、激浪の底で傾きながら飛ぶ龍骨の速度を狙つた。船体に触れる船体の恐るべき感覚に身は澄み渡り、インクのやうな海底を流れる鉄の接線に祈禱を上げる。私は鉄であらうか水であらうか。私は擦れ合ふ鉄と鉄との慧敏な体力の間できりりと渦を巻き上げながら逸走すると、早やはるかに遠く游泳してゐる船底の黒さを仰いだ。さうして私はとある島影で立ち停ると、油が初めて私の皮膚から水の上に拡るのを感じた。私は死がいかばかり私にぴつたりと絡みついてゐたかを知つたのは、そのときである。

神原泰

無機体の生育

おびえわなゝく自分のたましひは
赤と黄と紫の夜を
無機体がぐんぐんとよくなつて行くのを感ずる。

その
より深い、より確実な感能は
今
をのゝきわめきながら光体にもまして秘めやかに生長す
　る無機体の呼吸と合一する
それは悪魔のよろこびであり自分には神経的に痙攣する
　期待だ。
自分のありとあらゆる官能が針のやうに鋭敏に
ありとあらゆる触官がその内部のいのちさへ見得る夜半
に
自分は
さつきまで無機体について話をした友や
友が描くと云つた絵の事を考へる。

睡眠は自分から奪はれた
否自分は睡眠をさへ願はない
夜の雑音のうちには
余り多くの悪魔の哄笑と無機体の吐息がある
それを自分はぢつとしのんで無機体の上に幸あれと祈る
　のがすきだ

自分は無機体を天上のものとして愛さない
そのみだらな醜い絶望的な衝動は本当の現代人だ
彼等はじつと内に包んで耐え忍ぶから
彼等の満たされない本能は
いつも赤と黒と紫とに輝き
彼等の内に戦ふ真つ青な精神は
いつも苦しみあへぎながら瞬間的にのみ充実する。

あゝ自分の
より深い叡智は、そしてより確実な感能は
今
無機体のリズムと合一する

それは確かに地上のよろこびだ。

憂鬱（カメラによる抒情詩の試み）

北川冬彦君におくる

スクリーンからはみ出て居る巨大な鉄板が非常にゆるやかな速度で左から右へ向つて走る
鉄板とスクリーンとの角度は十二度
鉄板には一定の間隔を置いて二列の鉄の鋲が打つてある
鋲の直径は一センチメートル
縦の鋲と鋲との間隔は三・五センチメートル
二列の鋲の間隔は七・五センチメートル
二列の鋲と次ぎの二列の鋲との間隔は一・五メートル
スクリーンからはみ出して居る巨大な鉄板の運動は同一方向で同一速度であつたが、突然鉄板が静かに中央から二つにわかれ、スクリーンに近い方のは、そのまゝ前進を続けて行き過ぎて行つて了ふが、もう一つの方は停止する。
残こされた方の鉄板は、切口を軸として静かにスクリーンとの角度を拡大して行き遂に直角になる
何物もない
たゞ鉄板の全幅だけ。

急速度で廻転するベルト
大きな輪転機
めまぐるしいスピード
菜葉服の職工の汗にまみれた赤い顔。

心よげに朝の公園のしげみを走る軽快なスポーツ・カー
その内部で、着かざつた美しい女優が短いスカートを更にまくし上げると、肥えた男がのしかゝつて裸かな脚

に接吻する
運転台の鏡に、惜気もなく露出した美しい脚と、脚に接吻して居る酒爛れの赤ら顔がうつる
男は夢中で脚に段々と上へ上へと接吻し続ける
車はしげみへ入る
樹は欝蒼と繁茂し、音もなく滑つて行くスポーツ・カーの瀟洒たる姿はたまにしか現われない
自動車はもう見えない
太陽は地上に、樹の葉の間から、美しい斑点を描く
鼬が道を横切つて、木蔭から眼をきよろきよろさせながら獲物をねらう
静寂。

空には海鼠雲がいくつも浮んで居る
殆んど垂直に上向いて居たカメラは徐々に角度をおとす
方向は左
カメラが殆んど水平になるに及んで、やつと遙か彼方に消えるやうな地平線が見える
殆んど無限に拡がる際限のない広野
そこには灌木が一面に茂つて居る
そして一本の細い道が一直線に走つて居る
その走り方は、広野の殆んど無際限な拡がりに対照して絶望的な寂寥を感じさせる
寂寥は底知れない海のやうに連ながる
どこともなく、いつ現われたともなく、年をとりやつれ果てた老人が、荷物を一杯背負つて杖をつき苦しさうにあえぎながらも一瞬も休まずにその一本道の左の端を歩いて行く
初めから終り迄老人は背を向けたまんまで振り返りもしないで歩いて行く
その老人はゆるい歩調ではあるが少しも傍目もふらず、休みもしないで歩いて行く
背に負つた荷物は何かしら生活の道具であるらしい感じを与え、老人が独り身で寂しい境遇である事を、背に負われた荷物が物語る
その荷物の中からポケット・マンキーが首を出して観客の方を向き又首をひつこめる
段々と小さくなつて行く老人は広野の益〻拡大される大

きさに逆比例して益〻小さくなつて行くけれども仲々
　に消えては了わない
カメラの速度はパースペクティーブによる老人の姿の縮
　小に比例して益〻ゆるやかになつて行く。

わびしいダンス・ホールの一隅
人は居ない
やすつぽく派手な着物がだらしなく脱がれ、テーブルに
　ほふつてある
蓄音器の針は僅かに起伏しながらレコードの上を廻つて
　ゐる
ぜんまいがゆるみ、音もなくゆるやかに止まつて了ふ
動くものは何にもない。

ごちやごちやに人間が寝て居る
子供が、大人が、ごちやごちやに寝て居る
うすぐらい貧民窟の一隅では、身体の輪郭さへはつきり
　しないで、人間が寝てゐる
寝苦しさうに時々身体を動かし、寝返りを打つ
寝ながら夢中で、隣に寝て居るものの横腹を蹴る
けられたものが動く
みんなが動く。

真夏の太陽が、かんからと道を照りつける
青大将がだらりと道一杯に寝そべつて居る
夏の昼さがり
青蠅が二、三疋、青大将のはだをなめる
青大将は動かない。

上部も下部もスクリーンからはみ出して直立する巨大な
　鉄骨
その背景としてスクリーンの下部十五分の一のところに
　見えるか見えないかの位かすかに浮んだ水平線
一望何物も眼を妨げない空
雲一つない空
水平線は動かない、波は動かない
汽船も帆も見えない
鉄骨はその空を背景とし、水平線に対して十字を描きな

がらつき立つて居る
やがてなまこ雲が静かに浮び出て来て、動かない鉄骨の背後を、ねむたげに静かに静かに浮遊する。

立木もない野原
その前面に頸の太いビール瓶の二倍位の大きさの瓶がずらつと平行に並んで居る
将軍が閲兵するやうに、カメラは勿体振つた足どりで、一列の薬瓶の端てしない連続の前をゆつたりと歩るく
突然その瓶が人間になり始める
人間となると同時に、猛烈な勢で集まつて来て、地面にはえて居る芝草を取つて食べようと、人をおひのけおひのけ猛烈果敢な争闘を始める
争ひは益〻はげしくなる
もう何人も草をとつて食べようとはしない
もう何人も草を探がさうと下を向かない
敢然と、なぐりあい、かみつきあい、蹴りあい、組みしきあい、倒しあう
踏みにぢられて芝草はもう一本もない
赤土の上でなぐりあう、蹴りあう、倒しあう
争闘は益〻はげしくなる。

死の歌

僕は見た。亭々たる杉の大木が、根こそぎ押し倒されるのを。外套の襟を立てゝ豪雨と烈風に耳を叩かれながら、心臓の冷えるのも忘れて、僕は見入つた。

生きようとする樹の意思は、意思を持たない自然の意思の前に、余りにも脆い。

烈風は一気に樹を倒さない。風が七分通り樹を倒すと、樹は樹自らの重さで倒れる。

大木が倒れるのは、最早悲惨ではない。それは厳粛な冷刻さだ。

僕は見た。沢山の親しい人達の死を。

親友の死、恋人の死、兄の死、妹の死、親の死、先輩の

死、そして妻の死。

既に生ける骸である僕と、健康を失つた僕の肉体は、近づいて来る死をはつきりと予感する。死はすぐ身近くに来た。そして自分の余りにも平静なのに、云ひやうのない寂しさを感ずる。

僕はさつき迄看護婦さんが読んで聞かせて呉れた小説の主人公が、ごう問に反抗して殺されて行く場面を、生きる意思と健康な肉体を持ち乍ら迫害の為めに死んで行く場面を、異常な尊敬と興奮とで思ひ浮べる。そして今見舞に来て呉れた少女と、少女の持つて来て呉れた花に恋愛する。

花は美しい。
少女はもつと美しい。

僕は肺病を少女にうつしてはならない。

僕はぢつと黙つて居る。

斯くて僕は死んで行く。友よ、僕が僕の階級の為めに立たなかつた事、そしてたゞ一つの詩も本も絵もかゝずに黙つて死んで行つて了つた事の故に僕を憐れんで呉れるか。僕が云ふべき事を云わなかつたのみか、云ひ度くてたまらないひとことさえも云わずに死んだ事の故に僕を憐れんで呉れるか。君が憐れまうと、惜しまうと責めようと、僕が死んだと云ふ現実を変える事は出来ない。

僕が死の瞬間迄どんな事を考えて居たかは僕が何一つ行わなかつたと云ふ事実を変えはしない。

脈が無くなる。
それが死だ。

阪本越郎

風景

青螺の水面。Pheo Tropism をする魚の形した雲の下。そこに村がある。靴下をはいた少女が一枚の田或ひはリンネルの縁をとつたカンバスを叩いてゐる。桃の花の下に猫がゐる。ランプの火屋は窓の中に花をうつしてゐる。淡彩模様のコップである。

一九二八年或ひは無害な懺悔

石製（いしづくり）の獄舎に私は幽閉されてゐる。立体の機構は青褪めた私の腹を囲んでゐる。壊（いた）んだ煙筒からパイプの煙がながれる。それは逆に美しい柔らかな螺線となつて私を縛るのである。下水道から黄色い汚物が出る。これは岩である。岩の上の薔薇ほどに私は哄笑させられる。私の作物に就いて、私の作意に就いて、私には哄笑があるばかりである。

頭、この空つぽの部屋の中に幾つ階段があるであらう。中段に逆立ちしてゐる私の陰！　昆虫の偽体のやうに。善は欺くけれども、現実と同じやうに、悪は一層私を欺きやすい。無限の追究は龍騎兵の幻想である。しかし氷河と熱帯との間にこれらの対立は溶解しなければならない。檳榔樹の葉！　私は僅少の太陽を欲する。光の中は美しい町であらねばならない。私は未だ翼ある天使や馬を知らない。私は未だ自殺しない。

年輪

斧が木を伐る！　そこから密封された一本の光が迸るであらう。光の下で精巧な独楽（こま）が廻る！

戦闘

彼は水葬にせられる。文字通りに。青い淀をなした水は割（さ）けて彼を直ちに呑み込む。海底は機械のやうに死体を摑むと離さない。で、彼は浮び上ることが出来ない。

岸の人は誰もアポロンのやうにみえる。顔は空よりも青い。湾に流れ入る泥土、泥の鬟は陰（かす）かに光る。

曙の前。倫落の淵に沿うて。

死骸を抛つて黒い馬車は軋みながら、凹地の町へ下りてゆく。

凹地の町ナポリは鶯を匿してゐる。

商店の前に花粉が夥しくこぼれてゐる。花は肌のやうに裂けてゐる。

鶯は、塹壕の内で、赤い布片を歯でくわへてはちぎつてしのびないてゐる。彼女の美しい形が奇妙な土器に映つてゐる。大きな音が土器を壊す。そしていそがしい跫音がもつれる。……

Milky-way

汽車の切符は赤かつた。青森で買つた林檎は青かつた。風と一緒に歯に沁みた。

北の入口は青い海でふるへてゐた。薄暮の鐘のやうに。僕は鞄を下げ、町の影の中を急ぐ。連絡船に間に合ふために。

船は抜錨した。その脚を波が嚙んだ。その胴は婦のやうに痩せてゐた。彼女は肋骨の上に僕を揺り、僕に払はせる。僕の悲哀を。僕の銀貨を。

悪い方法（しかた）で死が穴を見せる、窓は闇に沿うて滑つた。滲み出る星に僕の手。それは腕から離れた。僕の手は蒼白よりほかの色ではない。

それは積荷の上の雄鶏だ。旅行者は海峡に座り、渇けるものとして乞ふてゐた。天の乳を。聖母の乳を。

死の店開き

一

死の天使よ、お前は地上のアキレスよりも足が速い。空のフォッカー機もお前に追ひつくことが出来ない。お前は忠実な恋人を奪つてしまふのだ。

ある明方、死の天使が彼女の唇に接吻してゐるので、僕の驚きは落雷よりも烈しい。

死よ、お前は僕の花嫁をどこへ連れて行つたのか？

僕の若さと僕の優しい「歌の心」を、未来の花嫁は羞恥の中でひなげしに似る。

死よ、僕はお前と競走する積りは少しもなかつたのに。お前の復讐戦は僕をひとりぼつちにし、僕を赤い酒場に急がせる。

二

僕が砂浜で喫ふ煙草の煙は僕の退屈のまはりを廻る。僕の退屈は死の影なのだ。

死よ、お前を想像したスエデンボルクはこの社会で着てゐるすべての脱衣室を考へる。

僕は海に入るために着物を脱ぐのだが、僕はそこでお前に会ふことが出来ない。何故なら海は塩からくて僕を浮き上らせる。

三

死よ、僕をもつと馴らしてくれ。馴鹿が雪の上を滑るやうに、僕はお前の肌が知りたい。

僕の恋人の心を奪つたお前を。お前の優しさを。お前の生々(いき)しさを。お前の強い腕を。死の天使よ。お前の打撃は僕を魅する。春の雪のやうに。僕の肩のヴィジョン。

四

死よ、近づけ。僕はお前の蟒蛇(うはばみ)の顎をみない。お前の店先しか……そこには西洋将棋のやうに頭蓋骨が並んでゐる。

僕は恋を完成させようとしてお前の招待に応じること

が出来るが
僕の恋人をお前は二重に隠してしまふだらう。
ある宵の太陽よりも熱い夢の下で喘ぐやうに
僕は見破ることの出来ない世界の盲目の中でもがく。
僕はそこの戸口で死の天使の羽音をきいてゐる。それから火を噴く機関の音を。愛の歯車の響を。快よいコンサアトを。
この人生の出口は未知の故に僕を魅する。野蛮人が考へたやうに、僕が幾つもの旅行の後帰つてくることが出来れば。

五

僕等の夜の鶏は、僕等の言葉で生死の間をふらついてゐる。そこには青い花が咲き、風が揺すつてゐる。

天使の凍る言葉。僕等にはわからない明日の暗号。僕はそのため少し逆上（のぼせ）る。

僕に許された僅少な時間の中で、ランプの羽根の下で、僕が宵には目の見えなくなる鶏と同じやうに明日のことを考へることで。


絶望した人間には死が一番いい眠り薬となる。死が容易に彼等を連れてゆくので、僕等は本当の絶望を知らない。この重い手は熟睡を装ふために、浮いた生命の上に置かれる。

明日のために苦悩することは少しの陶酔と退屈しのぎである。

死の天使よ、本性を顕はせ、彼もまた香具師である。

丸山薫

海

無限の瀝青（ピッチ）の水槽動揺（タンク・モーション）。
巨大な歯車の半輪の背。
廻る背。たえまなく沈み顕れてくる、
その漆黒の鰭の列。

影

楔型の谷をはさんで、白い襖のやうな断崖の斜面が翳つてゐた。日が上を廻ると、影はいきなり二つに折れた。折れ曲つたその尖端は対岸の傾斜をおそろしい速さで這ひのぼつて行つた。錯綜した山角の起伏に突きあたつて陵面の数だけに分れた、と薄くなつてたちまち四散した。

谷底の岩の根から、さらに濃い一つの暗影が伸びはじめてゐた。遠くの嶺にちらつく影の破片に結ばうとして、そのまま消えた。

公園

夜更けの気配の刻々はなんと生き生きと人のやうに懐かしいのだらう。私は疲れて、花の花粉のこぼれるベンチにゐた。夜目にも白く一羽の鶴が近寄つて来たのだが、さう思つただけでたぶん私の感情が凭れかかるのを避けたのだらう。不意に足どりを早めて遠退いて行つた。その迹に暗がりが濃く鶴の形に残つてゐるやうに思へる。だが瞶めるにつれて暗がりは波紋のやうに薄らいで散つて行つた。

水面の朧な一部分が網膜の一角に映つてゐて、魚の跳ね上る音が鮮明にそこへ結び附いた、と同時にそれは全く異つた見当の繁みの中で弾き合つた二枚の葉の音のやうにも思ひ返へされた。

眼に見えない何物もが私に感じられ初めてゐた。

路

坂を下り切ると待ち伏せしてゐた桃色の光線に片頬を刺された。交番の前に出たのだ。突嗟に、柩に嵌め込まれたやうに立つてゐる眠り男に肖た警官の姿――その首の興味もなささうにふさいだ瞼の裏側から鋭く私の挙動を睨んでゐる眼の玉を耳の附け根のへんに感じたのだが、振り向くと可怪しなことに交番は空つぽだつた。犬が一匹裏から這い出して来て、地面を舐めるやうにまた裏へ廻つて行つた。

私は溝に沿つて左へ折れた。塀越しの梢で花が曇に似た香気を放つてゐた。夜の明けるのを遅らせるやうに、そこから雨が落ちてきた。

上田敏雄

Songe du Rêve

汝はホテルに就て語らんとする者である。五千呎位の淡き青色の衣服を著けたる人はテンドウである汝等の瞳が破壊的なる光りを発する時にネエヌである。極めて簡単なる劇場の前にてテンドウであつてピアノを弾く者である。美しき女等はネエヌであつて踊る者である。宝石の頭部をなしたる者等は水上を飛行船に乗つて遊覧するのである。此のスポートはビユゥテイフルであるが潜航艇中のスポートもビユゥテイフルである。五千呎位のテンドウなる者は水上に水泳をなしたのである。五千呎位のテンドウなる者はビユゥテイフルである微笑をなしたのであつて其のテンドウなる光りを汝等は褒めたのである。大理石上なるピアノの上を使節は走らんとする。金属の液体なる令嬢は硝子の棒があつてもなくても巧く自転車乗りをなす。白色なる潜航艇上なる令嬢等は愛情的となつて飛行船上の令嬢に接吻して彼女等の感情を回復する。汝等は肥満をした女等が自転車乗りをなして動くのを窓より眺めて温暖である飲料を愛したのであつた。汝等は港の海の上をプロペラの如きものが廻転したのを発見しつつあつた。汝等の下の機械は上等なる船着場である。ネエヌである数億の令嬢は踊る。上等なるピアニストは軟体ではあるがビユッテイフルである服装をなしてビユッテイフルである顔容をなしてゐたことを汝等は見たのであつた。五千呎の俳優の如き顔をなした者は永遠の恋愛を憧憬する者であつて海上をビユッテイフルである飛行船の如く水泳するのである。

　ピアノの上なる抽象的なる足の使節は走らんとするのである。抽象的なる令嬢はピアノを弾かんとする者である。我の微笑よ。白色の機械上なる恋人の如き我は白色の飛行機を我の令嬢の如く吸収し排出するを得るのであつた。我の数億の足は動き我はピアノの如く我のピアニストの如き白色の微笑の下を運動する者であつた。ピアノを弾く数億の聡明なる音楽師よ。汝等のビユッテイフルなる運動のふしぎなる機械操縦術の上の数億の令嬢の抽象的なる体操を愛さんとする。

　我は調子を改めて語らん。急行列車は通つた。我は抽象的なる球上に抽象的なる恋人の如く讃美せんとする。急行列車の医者は懐妊する者なりや？　我は抽象的なる球上にて抽象的なる俳優の如く讃美する者である。五千呎位の王女の脳髄の硝子はビユッテイフルなる通信を我に送らん。我は麗はしき王子の如く宝石の道を滑走しつつ忘却のビユッテイフルなる通信を読まん。踊子は夢の踊子の如く飛ばん。淡き王女は光らん。フイヌなる水泳者の眼瞼は光らん。汝は劇場を運輸する。其はかふえでもある。白色の馬に乗つた女優は汝の劇場の女支配人である。急行列車も亦通過せん。硝子の急行列車は通過せん。硝子の令嬢は空中で此のビユッテイフルである飛行船を讃美せん。十数個の硝子の肉体の美粧術の令嬢は飛ばん。五千呎の硝子の王女は硝子の劇場に水泳する女優を讃美せん。麗はしき劇場の永遠の華麗の肉体を忘却せん。此処に劇場的の衣裳の五千呎の王女は劇場のコロサルの花の下に醒め涼風に送られて宇宙を通過して影を消さん。

三個の首から上の俳優は語る。硝子の上の肉体のビュストは指揮せよ。劇場の自殺せる者は語る。

汝は又白色の飛行船であつた。我は白色の瞳の王女のそれを讃美するを見ん。我は急行列車中より天使の白色の顔を出して讃美せん。宝石の劇場の上で俳優は広告せん。五千呎の白色の王女は硝子の上の白色の塔の上を通過せん。宝石の停車場を急行列車は通過せん。俳優の肉体を液体は循環せん。五千呎の白色の王女はフユゥミストを讃美せん。五千呎の白色の王女は硝子の肉体を循環する液体を讃美せん。黒色の硝子より黒色の俳優は降りて来らん。五千呎の麗はしき王女は硝子の飛行船に乗りて空中を滑走せん。麗はしき哉。五千呎の王女の白色の硝子の瞳は旋廻す。善なる哉。

我は五千呎の王女の白色の硝子の生殖器の白色の微妙の宝石のピアノを見たり。我は五千呎の白色の硝子の王子の如く崇厳にピアノを弾かん。善い哉。五千呎の硝子の王女は曙の如く空を飛ばん。善い哉。我は眼鏡を掛けたる五千呎の王子の如く讃美せん。善い哉。硝子の上の五千呎の王女はピアノを弾奏す。汝の脳髄は単純に憂鬱なり。我は五千呎の王子の如く微笑しつつ五千呎の王女と共に石膏の水平線の処で快適ならん。雪或は白色の皮膚に包まれたる五千呎の王女は舞踏せんとす。我は五千呎の王子の如く舞踏せんとす。白色の五千呎の王子は漂泊せん。

水が岸辺に揺るるが如く聡明なる高貴なる装飾的なる嬰児は生誕す。汝も亦ピアノを弾け。踊れ踊れ王子中の優美なる優柔なる装飾的なる王子よ。王女中の王女なる柔軟の女子は窓に凭りて海を眺むるが如く永遠に汝を愛さん。憂鬱なる睡眠の神よ。装飾的なる荘厳なる王子は硝子の銀河を渉らんとす。装飾的なる哉。荘厳なる哉。聡明なる武装せる嬰児の王子なる哉。王女は玻璃の水上に夢の如く漂ひて王子を讃美せん。王女は王子の玻璃の瞳を讃美せん。聡明なる装飾的なる嬰児の王子は歌を歌ふ。踊れ踊れ王子よ。装飾的なる玻璃なるピアノの上で踊れ。装飾的なる王女の頭上で踊れ。我は王子の頭上の王女を讃美せんとす。我は滑走する装飾的なる王女を讃美せんとす。神秘なる夢なる蜃気楼よ。神秘なる夢なる蜃気楼よ。神秘なる夢なる蜃気楼よ。単純なる衰弱の王子よ。我はピアノを弾く。五万呎の黄金と玻璃の王子はピアノを弾かん。五万呎の黄金と玻璃なる王子は漂泊せん。五万呎の黄金と玻璃なる王子は玻璃なる宝石なる花の上で永遠の孤独を演説せんとす。農夫の娘の如く愛らしく星の下を通過する者よ。薔薇の前のピアノを弾く未知のスインドルよ。おゝ我は硝子箱の中の人魚の如き快活の王子の詩人を見て老詩人の如く階段を降りてゆく。

Oeuvre Surréaliste

仮設光線運動の円形循環円筒の破壊の仮設創造物体の破壊の死の死の死の仮設循環火花の仮設創造運動に接続する仮設運動物体の音楽光線円壔の永遠自転に接続する仮設円柱装置に支へられて運動する自働真鍮運動に装飾されたる又無限光線円錐体の装飾運動に装飾されたる帆船を破壊廻転せしめる硝子仮設太陽の手の破壊破壊破壊破壊破壊の自働仮設物体に接続する太陽に接続する仮設自働運動の煙筒を出づる雷鳴及び電光パラソル附きの発光仮設物体の無限噴水の爆発永遠花火の純潔の無限光線の中の仮設運動物体等に相対する六面体避雷物体の光線噴水の発送器から噴出する優美の煙の永遠の発光の燃ゆる城の白色光線噴火に相対する硝子光線球体に装飾されたる無限円錐烏賊の装飾噴水の放送器或は窓の廻転の発光の発光に相対する無限錫製円錐形の発火の無数の軽気球に相対する硝子循環円盤の循環発光の永遠仮設物体に相対する光線附き円形劇場に下る硝子装飾永遠運動物体に相対する半折銀製装飾を持つ永遠創造物体の運動に相対する廻転する光線放射の金属立体物体に相対する無限光波を戴いたる銀製円環の中の創造物体の噴火噴火噴火に相対する処女楕円体物体の噴水循環の奇術に相対する電鈴乱打の降雨に相対する電力洪水のアナルシイ誇張に相対する崩解崩解の連呼劇の奇術師の紛失に相対する半円創造物体の永遠運動の広告術に相対する緑色キャップの漂流する幽霊物体運動に相対する硝子月運動の採集の創造美神物体の舞踊のビール採用の自働循環運動の無限光線の音楽廻転の電光自転車の廻転に相対する現出する美神の硝子眼の教唆に依る葦の噴火噴火噴火噴火噴火に相

対する隠匿顕現両棲の珍名目の強制執拗に於て硝子迷宮の廻転の硝子円錐体の無限の廻轉の美麗美麗の噴火の廻転の無限火花の電鈴ア、電鈴劇を出づる硝子自働美神の無限跳躍の珍型軌跡ア、硝子円環の合唱劇合唱劇の護謨輪を循環する火花の廻る火花運動の無限形成運動の微小集合圏の独唱独唱独唱の催眠術を防衛或は歓待する形而上学運動等金剛石円環の太陽等の影の光線等光線等光線等の形而上学等形而上学等に相対する光線等と共に銀製縞馬の運動に相対する月運動の焔の金属球の永遠運動の光線花火噴水に相対する光線洪水の真珠劇真珠劇真珠軽気球の金属光線の美しい舞踊の驚異電鈴運動の形而上学夢咆哮咆哮の銀製白熊の日傘光線の噴火溺愛塔の火花の物体運動に相対する空中宮殿の爆発廻転に相対する美しい永遠運動電気劇の雨は開閉自在の劇場にパラソルとして降る光線舞踊の稲妻は鳥の声に類似して爆発的に鳴く電気石鹸玉の廻転の幕の爆裂の慣例の梯子は美しい劇場劇場劇場劇場劇場の単独物体の劇的光線楕円幻影光線楕円幻影光線の噴火噴火噴火の電鈴に附著する宝石装飾の幻影物体に相対する金剛石太陽の永遠装飾廻転を装飾する装飾噴水帆船を連結する噴火軽気球統一体変色するだらう変色するだらう金剛石不滅宇宙の火花変形するだらう変形するだらう永久太陽の宝石噴水火花火花火花永遠噴火の劇場軽気球の噴火君等は見るだらう無数円錐体運動物体の噴火銀製噴霧器に依つて十数回廻転したる君は詩神だ君の電線に依つて繋留されたる金剛石帆船（廻転光線附き鋼鉄球体）を囓る漂流電流詩神だテル未知の音楽と光線未知未知の光線震動鳩鳩君は詩神だ広大の送話器光線詩神粉砕された気体金属軽気球だ燃えよ到る処に燃える何んだ？何んだ？何んだ？詩神は美しい幻影だ君は詩神だ何処だ？何処だ？何処だ？到る処に君は詩神だ君は詩神だ君は詩神だ君は詩神だ君は詩神だ君は詩神だ詩神は噴火夢だ噴火円形の中の君は誰だ？光線旋廻の繋留線に依つて出現する光線放射の人形が焦げないのは不思議だ不思議だ不思議だの如くそれは廻転して噴出するのは何んだ？大光線大光線大光線の梯子を振るのは誰だ？一個の鏡上の噴水は美しいそれは爆発しないそれには光線がないそれには光線があるそれは爆発するそれは噴水である其処には鏡はないそれは噴水であるの如くそれは薔薇の噴水であるの如くそれは雨の如く多面体美神として鳴く時に電鈴を鳴らすのは誰だ？大宝石美神を踊らすのは誰だ光る物光る物光る物未知の鏡の鎖泡の薔薇の飛行美神の歌の涙の綱梯子鏡の円筒の発火器広告光線廻転する窓の美神の眼球の光線形態の仮設物体の漂流物運動する者は美神だ君は未知の者だ宝石の電光雷鳴行動贈られた耀く太陽の魔術或は遍在誰だ？誰が贈つたのだ！おゝ潜航艇の出現遍在電光附き潜航艇は私の愛する詩神の影の凹面として燃えるあゝ私の愛する詩神なる君は影のない未知の光源領土に雷鳴と共に睡眠する私の愛する永遠睡眠の装飾運転機の光線よ迅速装飾光線の旅行よ光線に隠見する雷鳴装飾の永遠光線宮殿の噴火よ！誰だ？誰だ？誰が睡眠するのだおゝ滑走する多面体雷神玻璃光線の永遠燈火の円錐体劇場の透明は遠く硝子の海を吹きて白色の宮殿は君の足指に降り注ぎ硝子の海洋は月の如く廻転して大劇場の無数の睡眠燈は月よりも美麗にしてあゝ総ては遠近に破壊の音楽の噴水となるが如く光線球体は涙の如く浮游して硝子的音楽及び光線は永遠に彼方に美しい行為を知るあゝ汝は噴火する美神を指に抱きて旅立たん哉電流が通じた？電流が通じた？電流が通じた？無限時間の中の宮殿の廻転の噴火の硝子球体の火花電光電光電光噴火の永遠噴出無数の光線円形劇場は空中の円錐体の夢として廻転して詩神の硝子衣裳も光線として廻転して硝子燈火の金属黄金の電鈴は一種の雷鳴としての音楽にして未知の幕階段鏡光線劇は詩神の壮麗の足に砕け金剛石宮殿の窓に詩神は覗きて運動し貴金属の如く輝きて命令し行為し光線球体は廻転して宮殿は電流海洋を滑りて硝子的強風として噴出して貴金属の月は粉砕する物体を求めて雷鳴と共に噴火噴火噴火詩神を咬むだ太陽は空中を運動して燃ゆる森林は硝子の微風を贈り太陽は黄金宝石の環に巻かれて優美にして空中の歩行の優美に於て鳴りて噴火は激浪として装飾的にして太陽は永遠に鳴くとして噴火の雨は彼方より落ち来りて護謨の月は黄金の月として食糧を採集して運動して光線を空中海洋の珊瑚の梯子の火事に放射して噴火に濡れてそれは美しいそれは美しいそれは美しいの仮装行列隠匿森林金属の幕は燃えて月と格闘する詩神は月の被覆物体を濡れたる儘に被りて舞台の森林月湖水は美しくして月は湖水

を泳ぎ森林を砕き湖畔を循環して自働運動機にして鳴る電光に打たれるだらう電光に打たれるだらうの如く電光は潮流として流れ獅子は俳優の如く円錐体の廻転に優柔にして護謨円盤の太陽は酩酊して水中を滑りて猛魚に追跡されて空中に噴出してお丶誰だ？自働空中旅行！出現せよ劇よこれは詩神の手だこれは月の塔の運河の鎧だこれは築城術の自働廻転機の膃肭臍の魔術鏡の開かれた扉だ否！否！否！否！誰だ？出現せよ出現せよ出現せよ君は知らない？君は知らない？君は知らない？自働詩神の足の運動噴火でもない噴火鏡の廻転月の廻転劇の廻転あ丶光る色彩の多面体眼鏡物体を動かす詩神は誰だ？多面体軽気球の唱歌の爆発でもなく美麗の色彩の足を硝子の唱歌の円形から出す君は誰の被雇傭者だ？舞踊舞踊舞踊未知の運動創造者あ丶創造劇に於ての如く無数の索を降下して来る無数の詩神等の舞踊の光線は何んだ？劇のやうに劇のやうに劇のやうに誰が裸体の処女等の噴火舞踊の操縦者だ？光線よ光線よ光線よ光線よ光線よ劇は咆哮し振盪し開閉して燃える光線のやうに光線のやうに光線のやうに光線を贈る円形劇場の亜鉛の純粋銀の頭部よ金の鳥の雨は光線を切りて詩神等の如く鳴きて物体等を吐く誰だ？創造者は燦然たる真珠の飛行物体を投ずるのは誰だ？舞踊服の颶風を火焔にするのは誰だ？捕虜となつた詩神の毛髪の幻影の上方に円錐体を装飾したのは誰だ？光線繋留階段を転がり落ちる火事の笑声を断つのは誰だ？我を愛せよの如く何処かで踊る者は誰だ？お々円錐体の被覆物体を装飾する光線の如き光線の如き光線の如き物体の如き物体の如き物体の如き幻影よ鳴れ空中の自働飛行機に詩神の火花は燃えて電光雷雨は襲来し来れども金属的月は波と争闘して廻転して鳴り空中に詩神の手は電気襲撃器を飜弄し火熱は鳴き大陸に大舞踊者は発光する月と争ひて太陽の如く涙は旋廻して発光する飛行物体に裂かれる無数の月は雨の如く滑車を廻転して運動して爆裂する火焔の斜塔の鉤は何を呼ぶか詩神は閉眼閉眼に於て斜塔から噴出する物体等を通過せしむるか金剛石天空は輝きて崩解し去り創造機は魔術硝子光源器として装飾として物語を許容しない美しき物体よ美しき物体よ美しき物体よ幻影の震動の噴火円錐の梯子を走る月の雷鳴宮殿の金属鍍金の魔術薔薇噴水の金属鍍金の足の

廻転魔術玻璃光線の鮮血電鈴の円盤の否定線の眼球噴火金属梯子の海洋旅行の噴霧の炬火の打電器恐怖の雨の火花舞踊術の宮殿傾斜の魔術飛行の光線幻影多面体直立塔の点火運動のボルニユの雨幻影運動の光線偽造の点眼水の花火鱶鱶鱶麩を与へやうの奇術嗜眠円錐体の攪乱食糧給与のサボタアジユの手の幻影行為雷神の足は落ちるだらうの如く避雷針宮殿の火事の秤の閉眼の宮殿の鱶の金剛石鍍金の捕虜幻影劇の噴水の火焔衣服鍍金の水泳者の飛行器の浮袋の衝突の美麗の帽子噴火噴火噴火の軽気球の金属劇場の噴火噴火噴火の劇場の跳躍梯子の虹の自働車等の出発幻影の火焔詩神の幻影の金属の足の花環の中の発火運動無数の硝子球の運動の噴煙君は発火する裸体の詩神だ君は打信する詩神だ君は送電する詩神だ君は何処にゐる?君は何処にゐる?君は何処にゐる?円錐の花火軽気球の海流の幻影格闘の自働運転機の火焔の美麗の月の火花の詩神の接吻の噴出運動の露の噴火放射太陽の放送は美しい美しい美しいのやうに雨雨雨のやうに君は打信する君は打信する君は打信するのやうに月の放射の火花は美しい美しい美しい君は自働運動器だ自働運動器だ自働運動器だのやうに君の足の装飾構造物体の光線循環は燃える燃える燃える君は運動する君は運動する君は運動する円錐体尖塔の装飾循環運動の放送は燃える燃える燃える無限循環運動の放射爆烈爆烈爆烈のやうに詩神の幻影の毛髪は億万の雷神だ前進だ前進だ前進だのやうに億万イリユミナシオンの装飾の詩神は前進する詩神の周囲の億万の接吻誰だ誰だ誰だのやうに爆発爆発爆発君は宝石球で君の愛する物体を毆打するのやうに君は発光する物体を突出するのやうに億万のイリユミナシオンの爆発噴火の噴煙噴火噴火噴火あゝ運動創造のイリユミナシオン幻影よ滑走光線雷雨は硝子正方体に降り注ぎ太陽は装飾博物館の珍貴崇拝の捕虜となりて珍形態のパラソルに指揮せられ詩神の袖は正方形金属にして武器に貫通せられて循環軌道の喝采を浴びて装飾光線円盤の運動は真珠の涙を捕獲すべきや否やを知る格闘の空度金属の猛獣に優美の紙片の食糧催眠物体等の空中探険の其等の帽子の噴火硝子区画線の水路の舞踊硝子猛魚の曲線運動の永久上下動揺の噴霧自働打信器の自働迅速打信の砲弾飛行の装飾火花君は泣くだらう君は泣くだらう君は泣くだ

らうの如く美麗処女の急雨の月捕獲の自働噴水の斜塔の
世界旅行の滑走滑走滑走の廻転機の火花君は滑走するだ
らう君は滑走するだらう君は滑走するだらうの如く珍型
塔の処女放送の海洋接吻の発光裸体の無数の金属的月の
珍運動の応援雷鳴裸体詩神の発光の無形態発光する牙の
無形態発光する水晶森林の曲線運動の噴出の攪乱の無形
態君は無形態だ君は無形態だ君は無形態だの如く装飾円
筒状劇場の発火装飾運動の無形態これを打つものは微塵
となるであらうの如く無数の光線球体の感電非感電の自
働運動処女森林の砂金金字塔の処女鍍金の廻転自在の珍
貴物体の形跡の偵察光線の虚偽の暑熱或は飛行船等航空
の光線紙片落下の虚偽誘導に休憩する白昼の珍魚の中心
軸の虚偽火花の明滅の硝子水母の瞳孔焦燥の振子硝子水
族館の落下傘の渦巻の硝子販売の虚偽人跡未踏の山岳の
色彩噴火億万車輪の帆船の航空虚偽航空者の処女密輸入
の虚誕曖昧蓇状蛸の体操の誑謀感電感電感電の如く珊瑚
光線の多面体警報板の捕獲可憐装飾美神の宮殿出御の椿
事椿事椿事の正方体の幕満潮満潮満潮の如く劇場の外部
からの復帰多枝状太陽の温泉金字塔の視察旅行の不復帰

爆発爆発爆発の遠雷の蝶の睡眠硝子宮殿の硝子噴火硝子
飛行機の爆音虚偽の帆船旅行開幕開幕開幕の開幕の響音
美麗の屋根の三億年の火事戦端戦端戦端を開けのやうに
閑散の硝子水母類の発砲の薔薇噴火の絶叫硝子製ボルニ
ユの発汗の大陸永遠の金属の足の雨の火花滑車海岸線の
珊瑚の泡の永遠紀念の花火の水脈返答し難き雷神の沐浴
美神の裸体の格闘譬へば月の征服尖塔の麻痺蝶の強烈の
睡眠嗜好或は舞踊電燈の夢遊旅行の頼信紙の自働廻転の
吹雪或は電鈴の自働旅行の雨の針永遠瀑布の雷雨君は何
処にゐる？君は何処にゐる？君は何処にゐる？の如く自
働雷雨雷雨雷雨の光線永遠飛行の光線劇場の未発見未発
見未発見の噴出それが劇場だそれが劇場だそれが劇場だ
の如く光線の噴煙それは雨の音楽だそれは雨の音楽だそ
れは雨の音楽だの如く光線の月の月の月の音楽だ初舞台
の現場不在だ震動だの如く一個の円形劇場電光に巻附か
れる隠匿猛獣は爆裂する電流瀑布に咬み附きたる金属猛
獣の咆哮咆哮咆哮の爆裂渦巻く火玉の爆音爆音爆音の迷
路激動の火焔格闘の落雷落雷落雷の強烈噴煙の火花震動
震動震動の隠匿領土の火の大尖塔の五億年の痙攣の結果

の突進突進突進の大旋風の破烈あゝ火の瞳の舞踊者の電光飛行の中の雷鳴なしの火の大舞踊の永遠雷鳴噴火の電光噴煙循環飛行球に装飾されたる詩神は十億年火の循環装飾塔に額突く無数の電光の優美の猛獣の眼は電光を噴出して飛び附きて舞踊して消える宝石裸体詩神は点燈の噴煙に装飾されて飛行して猛煙の火花にして山脈の挑戦を飛ばす水平線のない大陸は火力電気の噴水の無人島

（未完）

OEUVRE SURRÉALISTE

断片

咆哮する多面体装飾の円錐体の雨は降る・装飾尖塔の頂点の創造構造の瞳は異常に光りて独唱する朦朦たる噴煙の格闘の飛魚の装飾音楽の気嚢爆弾投下の発光・十億年の恋文の宝石点火の水煙・猛魚の珍貴の火花噴出の喜悦爆発・詩神の嗜眠驚愕を征服したる正方体発光及び放送の月の派遣の大雷雨・億万のイリュミナシオンに装飾されたる珍貴宮殿の光線の瀑布は雷鳴を呼び・百億呎の無数の詩神の裸体の単独瞳孔の珍貴循環運動器等噴出の喊声を呼び・珍貴の麒麟獣の駝鳥鳥或は孔雀鳥の首部の発火廻転の装飾化粧術の発砲の珍運動の噴火の火花の採集術の無限循環の無数の回転球の長大円錐体の珍魚捕獲の珍妙を呼び・百億年の発火大雷雨の自動運動物体の珍妙の露の爆発を呼び・宝石大陸は燃えて珍獣の航空の稲妻発火の爆裂爆裂爆裂に火の瀑布の落雷の大猛煙の歓喜無数火花の殴打殴打殴打の百億年の大電鈴に渦巻く光線金属幕の爆発永遠装飾の大珍魚の襲来の噴煙・無数の円形劇場の頭部の火事の宝石鍍金の爆発噴煙の波の渦巻の永遠劇の否定の猛火の切断派遣の電鈴電鈴電鈴の落雷永遠雷雨の襲来の火の洪水の投弾の爆発・円形劇場の頭部を百倍にせよの如く月の廻転の独唱の奇談の火・君は誰であるか・友等のシユルレアリスト等諸君・護謨の幕の指揮の発火・落雷防衛の落雷落雷落雷・無数半球宮殿の尖塔の雨の火は迷宮の燈火の硝子の雲・発は美しき火の勧誘の発火の秘密探燈の階段を登る発火の火の珍型扉珍貴宮殿の永遠の火の雨・或は水の尖塔の火の梯子の煙の運

動の迷宮の火煙の発光の永遠放送の攪乱の園の星等の運行・認知し難き力・花園の乾燥の傾斜の雨の護謨管海の燃焼独唱の破片・水の小鳥等の太陽游泳の大陸開催の黄金森林の斜塔の咆哮・――中略――金剛石の火の円柱の小鳥等の形態構成の自発的運動・百億弗懸賞附きの宝船の破片の探索の攪乱大森林の発火の一個の噴水花火円形劇場の尖塔の月探険の自動運動・光線大装飾燈の水煙の永久発火形跡・硝子海洋の光波の鳥の放送の海潮干満劇・金鉱オツトセイの背延びの爆発震動震動震動の黄金島の黄金煙筒の震動・百億呎の孔雀等の探険隊は何処にも赴く必要なく一個の爆音と共に消える・――中略――異常廻転の隠れる火力の噴出噴出噴水の孔雀の雷鳴の格闘の噴火の落雷大円盤の電力瞳孔の脚長蜂の旋廻運動は火の舞台の開閉の糧食円形劇場の大警笛に落雷落雷落雷巨大の白色光線蝶の裸体大雷神との格闘の虚妄の光線の水の美しい噴出開幕開幕開幕の珍貴飛行船の海洋潜航に硝子獅子の咆哮の滑走の退場の電光の認識困難の形跡の震動

竹内隆二

白い海

秋雨の夜のこと、海へ脱いだ体重が壁の中へいつともなく還つて来てゐたのを感じた。

陶器のやうに化石して肉親が互に秋冷をふせぎあつてゐるこの夕べ、わたしは自分の記憶から逃げてゐる海景を、そつとをさえようとしてゐた。

けれどその手は故知らぬ重みのために動かすことが出来なくなつてしまつてゐた。

遠ざかつてゆく海、それはもうわたしの存在ではないのだ。この秋の夕べ、それはあまりにをぼろげな昨日の世界であつた。蒼ざめた白い世界がわたしを続つてはかなげに化石してしまつてゐる。壁のやうに自分の重量のために蒼ざめてゐる記憶の中の一つの海景、その消えてゆく世界の中に、わたしの肉親の頼りすくないこころが、小さな波のやうに揺れてゐた。

もう遠い世界のものとなつてしまつてゐるこの白い海が、わたし等を繞つて、いまあまりに近すぎる現実となつてゐる。そこに白い波のやうにわたしが重圧を感じるのは、肉親がわたしに迫つてゐる無言の訴えであつたのだ。

――故郷を棄てよう――わたしの悩みであるこの思考は、いつとなく壁のやうな死んだ海の中で凝固してしまつてゐた。

肉親をめぐつて、これはなんといふ重い海だ。わたしには遁れられない肉親を、しづかな湾のやうに支えるには、わたしの痩(やせ)た腕はあまりに非力に過ぎる。夏、海の中で脱(ぬ)いだ体重がいまこの壁の、化石した海の中で、ひしひしと堪えがたい重みをわたしに背負はしてゐる。わたしの記憶から逃げてゐる海は、逆にわたしに迫つてゐる現実的な世界であつたのだ。

ああ、田舎家の佗しい肉親をめぐつてゐるこの永遠の白い海は、いつかわたしを動けなく封じてしまふのではないだらうか？

海の記憶は化石してわたしをとじこめている、壁のやうに。

故郷でのわが断片

家具等はぢつと僕等をみつめてゐる。水のやうなものがその眼からは注(そそ)がれてゐた。故郷の佗しい日々。慰めあつてゐる僕等肉親。そのやさしいこころを暖炉はしづかに温めてゐる。その世界はみだされずにゐた。氷雨は戸外(そと)。かすかに上気した老いた肉親達。諦めはいつか幸福に近いものを感じさせてゐた。けれどそんな時にも僕は家具等の凝視を避けなければならなくなつてゐた。いつからともなく。

冷やかなものが僕に向けられてゐる。故郷に対する僕の幽かな嫌悪が幼時の追憶の世界にのみ生きてゐた古い家具等に、もうすつかり悟られてしまつてゐたのだ。家具等はもはや僕にぴつたり一致しない何ものかがあるのを知つてゐる。家具等が僕に向けてゐる白眼は僕をいひ知れぬ佗しさにさそふ。冬の日暮。

家具等はなほも僕等肉親に対する注意を怠らない。家具等を中にして僕と老いた肉親との僅かな気分の動きをも——老いた肉親達は老いの中へ古い家具等を睡らせる。老いた肉親達は老いた故郷の中で睡つてゐる。家具等は僕の故郷に対する嫌悪が、故郷の中で睡つてゐる老いた肉親達に対して如何に動くかを注意深くみつめてゐる。この静けさの擾されない世界で。部屋には唯幸福な雰囲気が満ちてゐた。上気した僕等の談笑。暖炉は肉親の血を温めて握手させてゐる。

けれど家具等は僕の手を怖れてゐる。眼を、こころを……

この冷やかな距りを僕は時折さびしく思ふ。この離れた目にみえない感情はいま如何ともなし難い。僕は三十一歳、故郷の倦怠は僕をはげしい焦燥に追ひたてる。老いた肉親等を慰籍してゐる僕のこころの自身に向けてゐる偽りを家具等はすべて知つてゐるのだ。この焦燥、家具等はそれを怖れてゐる。

深夜、僕と肉親との寝室がいつからともなく白い障子で距てられたやうに、かつてうらぶれて帰郷した刹那、昔のままの姿で第一に僕に呼びかけて呉れたこのやさしい家具等が、いま見えない溝を掘つて僕を怖れ僕に敵意をみせてゐるのは何故か？

この家具等の冷やかな感情の中から、外出するための羽織や外套を取出してしまふことは僕にはきはめて容易だ。その粗暴な行為は家具等をひどく悲しませる。事実僕は永いこと家をあけて旅で暮してしまふ。そんな時彼等は僕がもう故郷の家には帰らないかのやうにかなしく感じるのだ。

ある冬、僕は幾月ぶりかでわが家へ帰つた、疲れて。なにか物足りない気分が僕を柱にもたれさせてゐた。その刹那一斉に僕のこころに向けられたものは、老いた肉親と古い家具等の安堵にみちた瞳であつた。頼りない何か訴へてゐるその瞳。そこから注がれてくる眼差が無批判に僕を涙に誘つていつた。

家具等はまた自分の内臓に僕の外出着を大切に蔵つてしまつた。僕の険しい眼を避けながら…。

三好達治

鴉

風の早い曇り空に太陽のありかも解らない日の、人けない一すぢの道の上に私は涯しない野原をさまよふてゐた。風は四方の地平から私を呼び、私の袖を捉へ裾をめぐり、そしてまたその荒まじい叫び声をどこかへ消してしまふのだつた。その時私はふと枯草の上に捨てられてある一枚の黒い上衣を見つけた。私はまたどこからともなく私に呼びかける声を聞いた。

――とどまれ！

私は立ちどまつて周囲に声のありかを探した。私は恐怖を感じた。

――そのお前の着物を脱げ！

私は恐怖の中に羞恥と微かな憤りを感じた。けれども余儀なくその命令の言葉に従つた。するとその声はなほも冷やかに、

——裸になれ！　その上衣を拾つて着よ！

と、も早や抵抗しがたい威厳を帯びて、草の間から私に命じた。私は惨めな姿に上衣を羽織つて風の中に曝されて立つた。私の心は敗北に用意をした。

——飛べ！

しかし何と云ふ奇怪な、思ひがけない言葉であらう。私は自分の手足を顧みた。手は長い翼になつて両腋に畳まれ、足は鱗をならべて三本の指で石ころを踏んでゐた。私の心はまた服従の用意をした。

——飛べ！

私は促されて土を蹴つた。私の心は急に怒りに満ち溢れ、鋭い悲哀に貫かれて、ただひたすらにこの屈辱の地をあとに、あてもなく一直線に翔つていつた。感情が感情に鞭うち、意志が意志に鞭うちながら——。私は永い時間を飛んでゐた。そしても早や今、あの惨めな敗北からは遠く飛び去つて、翼には疲労を感じ、私の敗北の祝福さるべき希望の空を夢みてゐた。それだのに、ああ！　なほその時私の耳に近く聞えたのは、あの執拗な命令の声ではなかつたか。

——啼け！

おお、今こそ私は啼くであらう。

——啼け！

——よろしい、私は啼く。

そして、啼きながら私は飛んでゐた。飛びながら私は啼いてゐた。

――嗚々嗚々、　嗚々嗚々、
――嗚々嗚々、　嗚々嗚々、

風が吹いてゐた。その風に秋が木葉をまくやうに私は言葉を撒いてゐた。冷たいものがしきりに頰を流れてゐた。

獅子

彼れ、獅子は見た、快適の午睡の果てに、――彼はそこに洗はれて、深淵の午後に、また月のやうに浮び上つた白磁の皿であつた、――微かに見開いた睫毛の間に、汚臭に満された認識の裂きがたいこの約束、コンクリートの王座の上に腕を組む鉄柵のこの空間、彼の楚囚の王国を、今そこに漸く明瞭する旧知の檻を、彼は見たのである、……巧緻に閃めきながら、世に最も軽快な、最も奔放な小さい一羽の天使が、羽ばたきながらそこを漂ひ過ぎさるのを。……蝶は、たとへば影の海から日向の砂漠へ、日向の砂浜から再び影の水底(みなそこ)へと、翩翻として、現実の隙間に、季節と光線の僅かな煌めく彫刻を施しながら、一瞬から一瞬へ、偶然から偶然への、その散策の途すがらに、彼の檻の一隅をも訪れたのである。彼は眼をしばたたいた。その眼を鼻筋によせて、浪うつ鬣の向日葵のやうに燃えあがる首を起こし、前肢を引寄せ、姿態を逞ましくすつくりとたち上つた。彼は鉄柵の前につめよつた。しかしその時彼はふと寧ろ反つて自分の動作のあまりに緩慢なのに解きがたい不審を感じた。蝶はもとより、夙やく天の一方にその自由の飛翔を掠め消え去つた。彼は歩行を促す後躯のために、余儀なく前躯を一方にすばやくひんまげた。そして習慣の重い歩どりで檻にそつて歩き始めた。彼にとつての実に僅かな、ただ一飛躍にすぎない領土を、そこに描く屈従と倦怠の縦横無尽の線条から、無限の距離に引き伸して彼は半日の旅程に就いた。しかしながら懶く王者の項をうな垂れ、しみじみとその厚ぼつたい蹠裏に機(はづ)む感覚に耐え。彼は考へた、ああかの、彼の視覚に閃き、鉄柵の間から、墜ちんとして夙やく飛び去つたところのあの訪問者、あの花の如き一瞬は何であつたか？　彼の生命にまで潑溂たりし、かの明瞭の啓示、晴天をよぎつて早く消え去つた、かの輝やく情緒、それは今自らにまで、如何に解くべき謎であらうか？　そして思はず彼は、彼の思索の無力を知つて、ただ奇蹟の再び繰返される周期にまで思慕をよせた。けれどもその時、檻の前に歩みをとめた人人は小手を翳して、彼の憂鬱の徘徊を眺めながら囁き交した。……運動してゐますね……こんなのに山の中で出遇つたら……いやまつたく、威勢のいい鬣ですな……。しかしながらこの時彼――獅子は、その視線を落してゐた床の上に、更に一の新しい敵、最も単純にしてまた最も不逞な懐疑の抗弁を読みとつた。彼は床に爪をたてて引つかいた。彼は床をたたきつけた。錯覚！　錯覚であるか？　彼は自らの眼を疑つた。果してそれは錯覚であるか？　彼は猛然と項をあげた。鬣の周囲に激しく渦巻く焔を感じた。そして彼は、咄嗟のやみがたい鬱憤から、好奇の眼を以て彼の仕草を眺めてゐた群衆にまで、自らをたたきつけ、咆哮して戦を挑んだ。苦しいまでに漲る気魄にわななきながら、堅く皮膚を引き緊め、腱を張り、尾を槍のやうにして、四肢に千鈞の弾力を歪ませ、咆哮して鋭く身構へた。柵外の群衆は、或は恐怖のしなをつくつて偽善者の額に袂をあげ、或は急いでそれに対抗して楽天家の下つ腹をつき出した。――そして見よ、ああしかしながら、ここに吼ゆるところの獅子は、一箇の実体する思想、呼吸する鞴であつたか？　真に事実が、如何に一層悲痛ではなかつたか？　この時、獅子の脳漿よりしてさへ、かの一羽の蝶はまた、再び夙やく天の一方に飛翔し去る時！

上田保

夢に連る皇子の精

à André Thirion

夢の中の夢の微笑。完全である宝石の窓に乱れた薔薇の完全。夢みつゝ覚醒の皇子は愛を説く。水底に写る水底の鏡。皇子は水の薔薇を捧げ宝石の微風の中にアポロの光を放つ。讃美の倦怠。水底の鏡の化身。皇子は珊瑚の水を浴びる。皇子は珊瑚の水を浴びる。宝石魚に連判である皇子の犯罪。皇子は翡翠の夢に執着する翡翠の夢その永遠の瞬間の悲哀それは皇子の高価の愛の代償であつた。皇子は愛す。泉水のナルシスの愛の木乃伊。金色の燦光に斃れた愛の純理その砂金の火炎のもとに皇子は愛の讃美に呪はれつゝ睡眠る。睡眠れよ純粋の季節の空虚の仮面よ。失はれたる皇子の仮面のものとの失はれたる皇子のピラミツド。花は花である。永劫の響かない永劫の花は永劫の響かない永劫の花である。理念の花。愛の花。永遠のうちでの創造は理念の響かない花である。皇子は冷却した真珠の手袋で呪を受ける。死の仮面はもう呪咀されてない。永劫の讃美の嘲笑の中に皇子は氷結した花を鳥に変ずる。それは恋ではない。天使の挨拶でもない。勿論天使の挨拶でもない宝石の神秘それは装飾の死滅の門の消滅の鳥類である。天使の魅力を忌避する鳥類の生誕である。紛れない聖ヴィナスの水晶の結晶の夕宵である。

Réalité Éternel

死の思想。神秘の永遠の地上の花。その唯美でない意識の無限。神秘への曲線その崇高の破滅。ひとつの花束。花束のない花束。エスプリの境界の無限その罪悪。その罪悪の悦楽。ひとつの聖母。その周囲の氷結した花園。その凍結への讃美。不可避の迷宮。優しい鳥の優しい鳥。その華麗の魚類への饗宴その海の餐宴砂の光。破壊の天使その慧星への一致。不可見の夢。不可見の現実。不可見のエスプリ。讃美の虚無。その天使の虚栄。荘厳の美学その水滴のしたの廃墟。絶倫の海。superartificial。ひとつの嫌悪ふたつの地球。その唯美慧星への人工火花。死滅。天使の死滅。その地球への無比の讃美その優雅の理性そして無窮の superartificialism。

Fantaisie d'Esthétique

珊瑚の扣鈕その中に小さい鏡を秘蔵する。毀れない鏡その謙譲の人魚の唇。愛の火炎の中の鏡の火炎。そんなに美しい私。何故その火炎は愛の鏡に燃焼するのか。灼熱のピラミッドの豊饒のバラ。その花冠の理想の海。誰が寂漠の装飾を解く。誰が灼熱の眸を隠す。花環の衣裳の内での小さい指その小鳥。小鳥のやうな愛の手跡は煉獄の樹木の幻想に絡る。燃焼する。燃焼を羽搏く。霊妙を羽搏く。神秘の雲は真珠と小鳥とをかたち造るそれは曙光の接触である。

A Bas La Poésie

ESTHÉTIQUE その女優の天体は夢の神託に賛同である。永久の地下の風車はその睫毛を粉飾することなく優美の鏡に廻転する。忘却の意志。ESPRIT の運動は一個の ENIGME である。不快の讃美の徴候を記述する傾向を所有する。技師の心臓の頂点の頂点的愛歌を歌ふ女優は女優の股の技師。先験 DANDISME のプラットフォムの困惑を漂白する。無限砂浜の一瞬。その飛鳥の珊瑚への一致。その連想は価値の極限とその先験の ANTIPODE を規定する即ち押韻するそしてその可能が化身的に覆面されてゐる。汝等宇宙の女優諸君無限の宝石は贋造の指環を嵌めて諸君を待つてゐる。NOV。

千田光

夜

私の数歩前にあたつて、私は実に得体の知れぬ現象に出遇つた。

　私は不図この光景を、未だ見知らぬこの道を、嘗てこの位置で、この洞穴にもまして暗い道の上で、経験したことがあるやうに思へる。

　なぜなら、この道は正確なところ発掘市のやうな廃れた町に墜ち込んでゐる。私が顔をあげると鳥が羽を落して行く。軍鶏のやうな男が私を追越す。私はこの男を別に気に留めなかつたが、と思ひながら私は更に歩いてゐた筈だ、と考へて歩いてゐる私の眼前に、突然、それらの現象が一塊となつて現れたのだ。私は鏡でも撫でるかのやうに前方を探ぐつた。

　未だある！　未だある！　そうして秒間を過ぎると、私は更に驚異すべき発作に撃れる。それはといふと、この道の先で一人の老人に遇ふのだ。老人が私に道を乞ふ、私の親切な指尖が、ある一点を刺した時、老人の姿は、私の指尖よりも遙か前方を行くのだ、私は未だ遇はなければならない筈だ、片目眇〔ママ〕の少年に。少年は凶器を握ぎつてゐる。凶器の尖には人形の首とナマリの笑ひがつるさがつてゐるのだ。その少年は私に戯れると見せかけるのだ。戯れると見せかけるのだ。

　私はさつと苔を生じた。苔を生じた石のやうに土を噛むだ。

赤氷

山間から氷の分裂する音は河の咽喉を広め始めたと共に氷流だ。ドツと押し寄せる赤氷だ。

新国境の壁に粉砕される赤氷だ。赤氷から生えてゐる掌形の花。

山間に於ける数年間の閉塞と雖も、脂の乗つた筋肉のやうな茎だ。が然し、新国境の壁には何ものも咲かせざる如く一滴の水以下だ。

赤氷よ新国境の壁を貫け、太陽の背には更に新らしい太陽の燃焼だ。燃焼だ。

肉薄

沛然たる豪雨の一端が傷口のやうな柱脚を掘り返へして行つた。そうしてとりとめのない雲が二三と、太陽は壁の中へ墜ちかかつてゐた。

突如、颱風だ、怒号だ、かくて群集は建築場の板塀に殺到した。

柱脚の真中から腐つた人間の足が硬直し、逆さに露出してゐるのだ。

群集に群集する群集。原野の炎は群集の眼に拡大した。彼等に驚くべき沈黙が伝はるや彼等は死体を痛快なる場所へ持込んで行こふといふのだ。痛快なる場所へ！

失脚

私は運河の底を歩いてゐた。この未成の運河の先きには必ず人間の仕事がある。私はたゞその目的に急いでゐる。

太陽は流れて了つた。それからどの位ひ歩いたか判らない。運河の両壁は次第に冷却しはじめた。地上は未だ明るいらしい。時たま猛烈な砂塵が雲を崩して飛び去つた。私は突然この水の無い運河の底で恐怖の飛躍を感じた。私は用意を失つてゐる。私はもう駄目だ。

私の行手僅かの地点で歓喜の声が震動してゐるのだ。私はたゞ走ることによつて慰ぐさめるより仕方がない。私の背後には大海の水が豪落と迫つてゐるに違ひない。私は走つた。走つてゐるうちに、最早や動かすべからざる絶望が墜ちて来た。逃げる私の前方に当つて又も海水の響きは迫つたのだ。私はもの淋しい悲鳴を起しながら昏倒した。海水が私の頭上で衝突するのを聴きながら。

失脚

私は、私の想像を二乗したやうな深い溝渠の淵に立つてゐた。その溝渠の上には、溝渠から噴きあがつたやうな雲が夕焼を映して蟠つてゐた。

不意に人のけはひがしたので雲から目を落すと、そこに一人の少年が私と同じやうな姿勢で、雲から目を落して私を発見(みつけ)た。彼は自分の油断を狙はれて了つたかのやうに溝渠の半円へ遠ざかりはじめた。それは宛然、鏡面から遠ざかる私自身ででもあるかのやうに、少年の一挙一動は私のいらだたしいままに動いた。一体この溝渠の底に何があるのか、私は知らない。次の瞬間、少年は四つん這ひになると溝渠の周囲をぐるぐる廻りはじめた。ぐるぐる廻つてゐるうちに、いつか得体の知れない数人の男が加つた。然し溝渠の底は依然として暗く何物もみとめられなかつた。

突然、それら数人の男が一斉に顔を上げた。驚ろいたことには、それが各々みんな時代のついた私の顔ばかりであつた。私の顔はなんともいへない不愉快な犬のやうに、私の命令を求めてゐた。気がついて見ると、その顔顔の間で私は四つん這ひになつて、駄馬のやうに興奮しながら、なんにもない溝渠の周囲をぐるぐる這ひ廻つてゐた。

発作

私の数歩前にあたつて、私は実に得体の知れぬ現象を目撃した。それが実際私に堕ちかかつてゐやうとは、が私は不図この光景を嘗てこの洞穴にもまして暗い道の上で、経験したことがあるやうに思へる、何故なら、この道は正確なところ発掘市のやうな廃れた町に墜ち込んでゐる。

私が顔をあげると鳥が羽をおとして行く、軍鶏のやうな少年が私を追ひ越す、私はその少年をとりたてて気にしなかつたが、と思ひ乍ら私は歩いてゐた筈だ、と考へてゐる私の眼前に、突然それらの現象が一塊となつて現れたのだ。

私は鏡でも撫でるかのやうに前方を探ぐつた。未だある未だある、そうして秒間を過ると私は更に一段と驚異すべき発作に撃たれる。それはといふとこの道の先で、一人の老人に遇ふのだ、老人が私に道を乞ふ、私の親切な指尖がある一点を刺した時、老人の姿は私の指尖よりも遙か前方を行くのだ。私は未だ遇はなければならない筈だ、片眇〔ママ〕の少年に。少年は兇器を握ぎつてゐる。兇器の尖には人形の首とナマリの笑ひが吊下つてゐるのだ。その少年は私に戯れると見せかけるのだ！　戯れると見せかけるのだ！

足

私の両肩には不可解な水死人の柩が、大盤石とのしかかつてゐる。柩から滴たる水は私の全身で汗にかはり、汗は全身をきりきり締めつける。火のないランプのやうな町のはづれだ。水死人の柩には私の他に、数人の亡者のやうな男が、取巻き或は担ぎ又は足を搦めてぶらさがり、何かボソボソ呟き合つては嬉しげにからから笑ひを散らした。それから祭のやうな騒ぎがその間に勃つた。柩の重量が急激に私の一端にかかつて来た。私は危く身を建て直すと力いつぱい足を張つた。その時図らずも私は私の足が空間に浮きあがるのを覚えた。それと同時に私の水理のやうな秩序は失はれた。私は確に前進してゐる。しかるに私の足は後退してゐるのだ。後退してゐるに拘らず私の位置は矢張り前進してゐるのだ。私はこの奇怪な行動をいかに撃破すればいいか、私が突然水死人の柩を投げ出すと、堕力が死のやうな苦悩と共に私を転倒せしめた。起きあがると私は一散に逃げはじめた。その時頭上で燃えあがる雲が再び私を転倒せしめた。

海

一人の男が、流木にしがみついたまま、海の上で眠つてゐた。次いで現はれたのは水平線上の白い塊だつた。雲足にしては余りに早い速力だつたので、尚ほ凝視してゐると、それは紛ぎれもない一団の鳥であつた。鳥は既に眠つた男の真上にまで来た。すると突然鳥の一羽が眠つた男をみつけると、一層羽音を高めてその眠つた男を強襲した。一羽二羽と続いた。眠つてゐた男は一唸りすると、パッと眼を見開いた。流木の上に立つた。無数の鳥との無惨な格闘はかなり長い間続いた。しかし一際大きく唸ると男はそのまま流木の上に斃れて了つた。羽までを赤く染めた鳥共が、再び一団となつた時、男の死骸は海底へ斜めに下りて行つた。軍港をとりまいた山の上では、巨大な望遠鏡が雲の動静をうかがつてゐた。

誘ひ

1

爛漫たる桜の樹の下で、一人の男が絵を描いてゐた。男の眼は半ば眠つてゐるかのやうにどろんとしてゐた。男は時時画布から首を擡げては犬のやうにあたりを嗅ぎ廻つた。次の日、私はやはり桜の樹の下で、桜の幹に抱きついて、幹の匂ひを熱心に嗅いでゐるその男を見た。三日目には、画布だけが桜の樹の下に建てられてあつた。不審に思つてゐる私の頭上で、突然、桜の花びらが一散に落ちて来た。驚ろいたことには、昨日の男が桜の枝の上で昏昏と眠つてゐた。実は、眠つてゐると思つたが、そうではなく、男は桜の匂ひの中で全く困乱〔ママ〕に陥入つてゐたのだつた。そうしてまた私はその男の姿に魅せられて了つたのだ。その夜、私は桜の上の男が、悶絶しながら地上に墜落した夢を見た。翌朝、私はとるものも取敢へづ現場へ急行した。果せるかな画布は昨日の姿勢のままで置かれてあつた。男の姿は遂ひに発見することが出来なかつた。が然し桜の根方に夥しい血滴がはじまつて、池の方に続いてゐた。池には蓮の葉が油ぎつた舌嘗をしてゐた。その日、初めて私はその画面を熟視することができた。画面はまるで解剖図のやうに、触るとずるずる崩れて了ふのではないかと思へた。それから二日経つても三日経つても、男は再び桜の樹の下へ現れて来なかつた。私は意を動かして、その画布を家へ持ち帰へつた。

その翌日から私に不思議なある慾望が勃りはじめた。半日を費して、私はピアノを庭園へ運んだ。そこで私は思ふ存分鍵盤を擲ぐつた。私は軽い暈ひと痙攣の後、心快い嗅覚をふり廻しながら、朧気に鍵盤を叩いてゐた。

2

その男は、あらゆる音響を字体に移植しようと考へた。この研究に斃れても、自分は決して犬死ではない、むしろ歴史的な事業ではないか、と考へるに至つた。そこで先づ彼は最初、燐寸を擦る音に就いて、研究を開始した。彼は二日二晩燐寸を擦り続けた。彼は硫黄の焼きついた黄色い顔を町へ運んだ。家家は怪しんで燐寸を売らなかつた。狭い町ではこれを不審に思はない訳にはゆかなかつた。その夜、一人の警官が彼に面会を強要した。ところが警官は腹を抱へて帰へつて行つた。彼の耳が半分程焦げてゐたからだ。彼はたうとう狂人にされて了つた。彼は笑つた実際大声を張りあげて笑つた。笑つてゐるうちに、笑ひの妙味が彼をとらへた、彼は直ちに燐寸を棄てて笑ひを笑つた。笑ひはやがて灰色の窓に移されて行つた。彼の笑ひが完全に封じられた時、彼は彼の総身に笑ひを立てながら病院の窓から墜落して了つたのだ。

善戦

菱山修三君に

敵だ。敵がゐる。私にそう遠くない所だ。敵の正体には根がない。ただもやもや浮動し屯してゐるばかり、一度たりと私に攻勢を執つたことはないのだ。が然し、少くとも私に眼を着けてゐるといふことは否めない事実なのだ。いはんや敵は不思議な自信の中に私を獲へて放さないかのやうな威嚇を示してゐるのだ。そこで私は密に物物しい武装に取掛つたが、武装意識が私よりも敵の大きさを強からしめた。それが私を過らした最初だつた。果せる哉敵は堂堂と意識の上に攻め込んで来た。次いで早くも敵の触手は私の面上を掠めた。

追撃——追撃は極つた。私の茫然たる眼前には暗い泥海が盛りあがつてゐた、と思つた時は既に遅く私の胴体はその泥海の上を風のまにまに流れ、私の背後にうねつた夜明の方へ少しづつ動きはじめた。それから夢のやうな苦しみが肉体を刺しだした。私の全身は泥の中へめり込んでゆく。私の周囲の泥の上には草が生えぐんぐん伸びる。火のやうな太陽がカツカツと昇る。全身の下降が止つた。すると泥海はみりみり音をたてながら太陽の下で固つて行くのだ。その時だ。かの怖るべき敵は、大敵は私の無視の下に消失して了つたのだ。続いてその時、一大亀裂が私を再び地上へ投げあげたのだ。

死岩（デッドロック）

私の前には、死岩（デッドロック）が顔を霧の中に埋めて立つてゐる。私は知つてゐる。しかし、私が彼に手をあてるまで、私は実に雄然と対立してゐた。死岩をとりまく霧は、渦巻いて私の手を払ふ。私がぴたり死岩に手をあてると、サツと彼はその毅然たる姿を現した。私は彼の動かぬ姿の中から、動かぬ速力の激流を感じた。それが真向から墜落して来た。はづみをくつて私はよろよろした。高さ！高さの下で痛めたのは羽ばかりではない。私は浮ぶことも沈むこともできなくなつた。高さは私の腕の長さではない。黙然と佇立してゐると、霧は起つて、私は遠くへ流されてしまつた。圏外。そこでは私に軽軽と安堵が向うてゐた。然し死岩の前から姿を消したとて、私には眼が見える。蟻のやうに登つて行く人々の足音がきこゑる。足音をきいてゐるうちに、私の身はいつのまにか、死岩に向つて歩いてゐる。私にかくまで喰ひこんでゐる死岩の影から、何故逃げなければならないのか、足を固めなほすと、私は死岩に向つて颯爽と小手を翳した。あそこだ。

渡邊修三

河

樹は夕明りの中で池の水のやうに身ぶるいしてゐた。私は寒さと戦ひながら、世界の河の名を暗記した。手をひらくと、手の中には黒い凍つた河が流れてゐた。水さしの水には、白い昨日のほこりが浮いてゐた。窓から見ると、路にはよごれた雲がまだ残つてゐる。私を追かけるのは誰だらう。孤独な空気はしづかではない。

私は一秒の時を惜しみながら、いつの間にか数時間を無為についやしてゐた。自らを叱ることは一つのあきらめに過ぎなかつた。

河。黒い河が手の脈に沿うて流れてゐる。暖かい泥柳の河岸はどこにあるのだらう。

掟

もはや何程の時間が経過したか私は知らなかつた。室内には熱が充満してゐた。腕は隕石のやうにこの時床上に陥没したのである。

北風が腕の断面に凍りつく。門衛は私の腕を強要した。まるで遠い過去のことのやうに、記憶の断層にはさまれて、やさしい一匹のカモシカが居所を失つた。

泥濘は鉛のやうに光つて蜿々と走つてゐる。声を上やうにも声が出ない。

戦禍

HF といふ一つの言葉が、時とすると私を輝く北方へ誘引した。

半歳の月日は空虚な莢のやうに、私には絶望に近かつた。

倒れたまゝ白い骨になつて行く砂礫地の松にも似てゐ
た。黒い花崗岩と焼払はれた樹木のあひだに、私は
たゞ乾燥した空気を呼吸してゐたに過ぎない。
此地で私は銃殺されやう。

LEAFAGE

1

ふたたび僕は白い椅子を見ない。
髭をすつてゐると間違つた牡牛が這入つて来る。
電信技師は顔に沢山の青い切手を貼付してゐる。
肥つた狩猟家と写真帳とナイフと鷗と歩いてゐる集金人
と白いタイルの浴室と女の死と。——
一枚の魚を透して僕は僕の手を見る。
ひかる刺。
腋毛。昏睡してゐる。
縞のシーツ。雨が降つてゐる。滴が落ちる。
枝が青い。

2

塩と天幕。
天幕の上の旗。
僕の顔は黒くよごれてゐる。
蘇鉄は孤立してゐる。
僕は曇天の木をよぎる赤い毛虫を見た。（幼時の記憶）
コップの中のオキナ草。（リルケ作「老人」）
踊つてゐる少女。
彼女のやさしい腰部。
白い釘をネヂ込んでゐる。
門標——［植民地 No.3］
魚を嚥下した巨大なペリカン。
その足もとに落ちてゐる銀貨。　（動物園）
鉄柵につかまつて貧しげな人々が銀貨を見てゐる。

3

僕は並木路のあをいヨロイ戸のある食料品店に這入つて

行く。壁紙の上の缶詰棚から、僕は白いヱナメルのチヨッキをつけた喇叭卒をもとめる。男がそれを木箱につめて釘をうつ間、僕は階上の喫茶店へ這入る。窓から沼の水が青くキラキラする。僕は、僕にソーダ水を運んで来た女に向つて、君はサイパン島に何時に立つのと聞いて見る。彼等は何か大変立腹して大きな声を出した。帰る時、僕はたしかに赤い塗料のはげた鳥籠をかゝへてゐたと記憶してゐる。

4

白い煙突の上の白いパンタロンは白いシガレッテを……。

5

ペリカン島を北に。

左川ちか

昆虫

昆虫が電流のやうな速度で繁殖した。
地殻の腫物をなめつくした。

美麗な衣裳を裏返して、都会の夜は女のやうに眠つた。

私はいま殼を乾す。
鱗のやうな皮膚は金属のやうに冷たいのである。
顔半面を塗りつぶしたこの秘密をたれもしつてはゐないのだ。
夜は、盗まれた表情を自由に廻転さす痣のある女を有頂天にする。

青い馬

馬は山をかけ下りて発狂した。その日から彼女は青い食物をたべる。夏は女達の目や袖を青く染めると街の広場で楽しく廻転する。

テラスの客等はあんなにシガレットを吸ふのでブリキのやうな空は貴婦人の頭髪の輪を落書きしてゐる。

悲しい記憶は手巾のやうに捨てようと思ふ。恋と悔恨とエナメルの靴を忘れることが出来たら！

私は二階から飛び降りずに済んだのだ。

海が天にあがる。

朝のパン

朝、私は窓から逃走する幾人もの友等を見る。

緑色の虫の誘惑。果樹園では靴下をぬがされた女が殺される。朝は果樹園のうしろからシルクハットをかぶつてついて来る。緑色に印刷した新聞紙をかかへて。

つひに私も丘を降りなければならない。

街のカフエは美しい硝子の球体で麦色の液の中に男等の一群が溺死してゐる。

彼等の衣服が液の中にひろがる。

モノクルのマダムは最後の麵麭を引きむしつて投げつける。

錆びたナイフ

青白い夕ぐれが窓をよぢのぼる。

ランプが女の首のやうに空から吊り下がる。

どす黒い空気が部屋を充たす——一枚の毛布を拡げてゐる。

書物とインキと錆びたナイフは私から少しづつ生命を奪ひ去るやうに思はれる。

すべてのものが嘲笑してゐる時、
夜はすでに私の手の中にゐた。

緑の焔

私は最初に見る　賑やかに近づいて来る彼らを　緑の階段をいくつも降りて　其処を通つて　あちらを向いて狭いところに詰つてゐる　途中少しづつかたまつて山になり　動く時には麦の畑を光の波が畝になつて続く　森林地帯は濃い水液が溢れてかきまぜることが出来ない　髪の毛の短い落葉松　ていねいにペンキを塗る蝸牛　蜘蛛は霧のやうに電線を張つてゐる　総ては緑から深い緑へと廻転してゐる　彼らは食卓の上の牛乳壜の中にゐる　顔をつぶして身を屈めて映つてゐる　林檎のまはりを滑つてゐる　時々光線をさへぎる毎に砕けるやうに見える　街路では太陽の環の影をくぐつて遊んでゐる盲目の少女である。

私はあわてて窓を閉ぢる　危険は私まで来てゐる　外では火災が起つてゐる　美しく燃えてゐる緑の焔は地球の外側をめぐりながら高く拡がり　そしてしまひには細い一本の地平線にちぢめられて消えてしまふ

体重は私を離れ　忘却の穴の中へつれもどす　ここでは人々は狂つてゐる　悲しむことも話しかけることも意味がない　眼は緑色に染まつてゐる　信じることが不確になり見ることは私をいらだたせる

私の後から目かくしをしてゐるのは誰か？　私を睡眠へ突き墜せ。

死の髯

料理人が青空を握る。四本の指跡がついて、
——次第に鶏が血をながす。ここでも太陽はつぶれてゐ

る。

たづねてくる青服の空の看守。

日光が駆け脚でゆくのを聞く。

彼らは生命よりながい夢を牢獄の中で守つてゐる。

刺繍の裏のやうな外の世界に触れるために一匹の蛾となつて窓に突きあたる。

死の長い巻鬚が一日だけしめつけるのをやめるならば私らは奇蹟の上で跳びあがる。


死は私の殼を脱ぐ。

幻の家

料理人が青空を握る。四本の指あとがついて、次第に鶏が血をながす。ここでも太陽はつぶれてゐる。

たづねてくる空の看守。日光が駆け出すのを見る。

たれも住んでないからつぽの白い家。

人々の長い夢はこの家のまはりを幾重にもとりまいては花弁のやうに衰へてゐた。

死が徐ろに私の指にすがりつく。夜の殼を一枚づつとつてゐる。

この家は遠い世界の遠い思ひ出へと華麗な道が続いてゐる。

眠つてゐる

髪の毛をほぐすところの風が茂みの中を駈け降りる時焔となる。

彼女は不似合な金の環をもつてくる。

まはしながらまはしながら空中に放擲する。

凡ての物質的な障碍、人は植物らがさうであるやうにそれを全身で把握し征服し跳ねあがることを欲した。

併し寺院では鐘がならない。

なぜならば彼らは青い血脈をむきだしてゐた、背部は夜であつたから。

私はちよつとの間空の奥で庭園の枯れるのを見た。

葉からはなれる樹木、思ひ出がすてられる如く。あの茂みはすでにない。

日は長く、朽ちてゆく生命たちが真紅に凹地を埋める。

それから秋が足元でたちあがる。

海泡石

斑点のある空気がおもくなり、ventilator が空へ葉をふきあげる。

海上は吹雪だ。紙屑のやうに花葩をつみかさね、焦点のないそれらの音楽を舗道に埋めるために。乾いた雲が飾窓の向ふに貼りつけられる。

うなづいてゐる草に、lantern の影、それから深い眠りのうへに、どこかで蟬がゼンマイをほぐしてゐる。

ひとかたまりの朽ちた空気は意味をとらへがたい叫びをのこしながら、もういちど帰りたいと思ふ古風な彼らの熱望、暗い夏の反響が梢の間をさまよひ、遠い時刻が失はれ、かへつて私たちのうへに輝くやうにならうとは。

The street fair

舗道のうへに雲が倒れてゐる
白く馬があへぎまはつてゐる如く
夜が暗闇に向つて叫びわめきながら
時を殺害するためにやつて来る
光線をめつきしたマスクをつけ
窓から一列に並んでゐた
人々は夢のなかで呻き
眠りから更に深い眠りへと落ちてゆく

そこでは血の気の失せた幹が
疲れ果て絶望のやうに

高い空を支へてゐる
道もなく星もない空虚な街

私の思考はその金属製の
真黒い家を抜けだし

ピストンのかがやきや
燃え残つた騒音を奪ひ去り

低い海へ退却し
突きあたり打ちのめされる

児玉実用

解氷

峻烈さを言ふことも出来ない厳冬の氷原に、私の前では今、東が聳え、西が指さされる。かつて太陽は此の道を私に教へ、此の道を私は明理な一条の光となつて爽快に馳り続けた。しかも、一瞬の休息がその雲のやうな忘却が、何と私の周囲に堆高い闇黒の波を積み上げたことであらう。音もなく波がかへし、また激しくそれがよせる。私の皮膚は、そのたびに凍結する蒼苔の層を重ね、身は涯しない歴史を記るして、徐ろに氷原の底に埋もれてゆく。透徹を被ふ此の不可解な幕をへだてて、私は今、暗黒に突き刺さる一本の杖ででもあらうか。私を映す私の姿は、絶えず厳冬の鴉のやうに破れた翼で厚い氷の表層を叩くのだが、暗黒の波はそのたびに、きりりと私を凍る搾木に締めつける。私はまたしても羽搏たき、またしても私の叫びが搾木の苦痛に凍結する。此の瞬間を断ち切つて溢れ出る苦悶の一連は、しかし、峻厳な氷柱(つらら)となつて、空しく私の前にぶらさがるばかり――生れ出る背後にはすでに此のやうに死が追ひついてゐる。その暗闘が私に何と長い瞬間であつたか。仰ぐと私の上には、怖るべき昼の蔭が、太陽のない真昼の暗影が疾走し、遂に私は、北が果てる此の氷上で、墓地と言ふ永遠の私室に運命の鍵をおろさうとしてゐる。

凍死！

幽かにも鋭いその叫びが、失はれてゆく私の睍を再び呼び覚した。見ると、私の全身には痛ましい無数の河が切れ、しかし、氷原に映る血塗れた私の身には、私の不毛地の花が今営みをはじめかけてゐる、きらきらと、それが楽しい夢の破片ででもあるやうに。即座に私は、きびしい疑問を私に投げた、私の重重しい鎖はこんなにもたちまち、断たれ去るものであつたらうかと。途端、私は凄惨な音響を耳にすると、今まで縛られてゐた私のからだが、自由な位置へ次第に移動しはじめてゐるのに気がついた。解氷、解氷だ。私は私の、重量を知らぬ重量の世界に、わが身の捉へやうすら今はなかつた。私は浮いてゐる。私は沈むでゐる。だが、ひしひしと押し迫る巨大な力動を背に負ひながら、私は凄しい暖流の上に身を乗せて、実に洋洋と流れてゐるのだつた、遠くの海溝に、渦巻く氾濫の方位へ！

丸井栄雄

ぴりあど

人形。お。人形。そうです。僕。は。人形。です。とう。とう。あなた。も。僕。を。抱。いた。瞬間。僕。の。正体。を。知。り。ました。ね。これで。あなた。とも。おわかれ。です、お。泣。き。なさる。もん。じや。あり。ません。さあ。涙。を。拭。い。て。僕。の。とても。とても。美。しい。まるで。あなた。みたい。な。僕。の。お母さん。の。話。し。を。聴。い。て。ください。僕。の。お母さん。は。今。赤。い。鳥居。の。ある。村。の。神社。の。広場で。かたん。ことん。かたん。ことん。と。いふ。地獄。極楽。の。からくり。の。音。と。どんどこ。どんどこ。と。目茶苦茶。な。轆轤首。の。女。の。叩く。太鼓。の、音。に。はさまれて。一ケ月。二ケ月。三ケ月。四ケ月。五ケ月。六ケ月。七ケ月。八ケ月。九ケ月。十ケ月。と。十。の。ちがつた。お。腹。を大人。十銭。小人。五銭。で。観。せ。て。ゐます。あなた。僕。は。十人。の。いや。十個。の。お母さん。を。持。つ。て。ゐる。の。です。お母さん。は。いや。僕。の。お母さん達。は。昔。から。寒。い。風。に。はたはた。と。情。け。ない。音。を。たてる。衛生展覧会。と。かいた。細長。い。旗。と。ね。それから。お。祭。り。の。星。の。いつぱい。輝。い。て。ゐる。大空。の。淫。ら。な。欲情。を。塞。い。で。しまう。鼠色。の。天幕。と。それから。。。。。えー。みなさん。このたび。御当地。に。まゐりました。教育。衛生。研究資料。医学博士。畸羅蝿夢氏。御指導。に。よります。胎児。母体中。に。おきまする。一月目。より。十月目。まで。の。くわしい。変化。を。示。し。ました。模型。衛生展覧会。で。ござい。ます。小人。五銭。御代。は。観。て。の。お。帰。り。さあ。衛生思想。に。御熱心。な。かたがた。は。大人。十銭。いらつはい。いらつはい。。。。。と。いゝ。ながら。角刈。の。男。が。ぱちぱち。木。の。札。を。叩。きながら。とき。どき。ぐい。と。紐。を。ひつぱる。と。がら。

がら。がら。と。空。く。幕。と。を。持。つ。て。日本中。年柄。年中。賑。や。かな。お。祭。り。を。さがして。は。廻つ。て。ゐる。のです。人間。たち。の。眼。の。まへ。で。僕。の。十個。の。お母さん達。は。長。い。長。い。昔。の。御殿女中。の。着。て。ゐた。裲襠。の。やうな。着物。の。前。を。だらり。と。はだけて。え〻。僕。の。お母さん達。は。みんな。そろつて。帯。を。しめる。こと。が。大嫌。い。なんです。それどころか。むつちり。した。お。乳。も。優。しい。お。臍。も。だれに。でも。見。せるんです。まだ。それどころか。真白。な。お。腹。さえ。い〻えそれどころか。その。白。い。お。腹。さえ。くるり。と。くりぬいて。あ〻。それから。僕。自身。と。九人。の。僕。の。弟。や。妹。まで。も。見。せる。の。です。小。さく。まん。丸。く。ちゞこまつて。ゐる。僕達。の。姿。美。しい。が。冷。い。あの。十個。の。お母さん達。は。人間。ども。を。軽蔑。し。すぎて。僕達。の。幼。い。影。の。ない。姿。を。誇。ら。しげに。人間。ども。に。見せ。びら。かす。のです。だ。のに。十ケ月目。の。お母さん。の。お。腹。に。いつも。居。る。僕。だけ。は。この。人間。が。うらやましくて。しようが。ない。の。です。あなたは。冷。い。僕。が。美しい。と。おつしやる。だ。のに。僕。は。温。い。あなた。がた。の。ほう。が。うらやましい。の。です。ですから。どこに。も。お。祭。り。が。なくて。十個。の。お母さん達。と。十個。の。僕達。が。薄暗。い。箱。の。中。に。蔵。はれ。た。とき。そつと。僕。だけ。大人。の。人間。の。着物。を。着。て。あなた。たち。の。ところ。に。やつて。きて。あなた。の。やうに。美。しい。女。の。人。と。たのし。く。はなし。を。したか。つ。た。ん。です。のに。

沖利一

背馳

　豚群のくるしさうな泣声のなかで、にげまどふあはれな無智なそんな動物のあとをおつかけおつかけ、狂気のやうにわたしは命じられたまゝに、血にぬれた支那製の大きな刀をふりあげてゐたんだが、しんじつ、真昼のしろい日光がすぐにわたしの脆弱なからだを疲れさせてきて、わたしは柵のかたはらのバナナの幹の下にくずれるやうに坐りこんだんだ。頭をもたげる気力もなく、いまにも意識をうしなふんではあるまいかと思つたとき、だれかゞやつてきたんだ。町の方に住まつてゐるわたしの烈しい友達のひとりがやつてきて、おまへの体にはすつかり豚のにほひがしみこんでゐるぞ、おまへがこんな不潔な仕事をいつまでもやつてゐると、あの女にもてないばかりか、おまへの精神まで豚のくさつた精神となつてしまうんだぞ、豚の精神は卑俗だ町では卑俗は流行しないんだ、といふやうなことを胸をそらしながらいつては、ステッキをやはらかに開花する花たちのなかに傲然とつきさすんだ。つめたい口笛さへふいてゐる。空にはうつくしい雲がながれるんだが、たゞちにわたしはこの友達にたいして、ちからづよく反撥するものをかんじないわけにはいかないんだ。そして、この男はあの夜、あの女のまへでの勝利を、いままたこのおれのまへでの勝利にしようとして陽気にふらふらながれてきたんだな、と考へ、もしおれの体に豚のわるい体臭がついてゐるとするならそれはおれの着物についてゐるんだ。おれは素裸になる、おれはあそこの青い河に半透明になつてとびこむ。新鮮な水のにほひ藻のにほひのするおれのすばらしい裸体をみてくれ、おれの鮮魚のやうな精神なんだ。それから、しつてゐるか、あいつのステッキと服こそ舞台衣装（コスチユーム）のやうに卑俗なんだと考へ、あの夜、あの女の白い部屋におれたち二人が招待されたとき、もちろんおれは軽蔑された、だがピアノをたゝけなかつたおれが卑俗で、ピアノがたゝける通俗な曲をピアノでたゝいたあいつが卑俗でないのか。ピアノこそたゝけないが……、こゝまで考へてくるとどうしたのであらう、わたしの友達への怒りがほんとうになつてくるやうな気がしてくるんだが。あの夜、あいつは三人で茶をのんでゐるとき、あいつは茶に専念することが卑俗だとおそらくあいつらしい方法で考へたのだらう、さかんにあの女に音楽だ音楽だつて音楽についてしやべることに気ばかりつかつてゐたんぢやなかつたかな、だがおれは一杯の茶をしみじみ味はつたんだつたな。あんなにうまい茶をのんだことをしらない。そしてあの女はたしかバナナが好きなんだといつたやうだ。そしてあの女がバナナを愛してゐるほど、あいつが熱中してゐるといふハツクスレイとかいふ男が、十九世紀の頭初にはフランスの悲劇舞台にをいて《ハンケチーフ》といふ言葉を意味することが卑俗だつたんだとか何んとかいつてるが。あの男こそあいつとともに卑俗きはまると思ふと愉快になるんだ。と考へ、それからわたしはもう、むしようにこの友達が憎くゝつて憎くゝつてたまらなくなり、この友達をやつゝける言葉さへさがすのがめんどうになり、もうわたしはどうしていゝのかわからず、急に頭のなかに原色の血がふきあげると思ふまもなく、かつとして、手にもつてゐた血のついた刀を無我夢中にふりあげると、友達が花たちのなかにつきさしてゐたステツキをまつぷたつに切断してしまつたんだ。友人はなにか叫んでゐたやうだつたが、どうかわたしの神話を信じてくれたまへ、あとから気がついたんだが友達なんてものは、しんじつはこなかつたんで、わたしはバナナの幹に切りこんでゐたらしいんだ。だがその時は、わたしは友達のステツキをやつゝけたんだと思ひこみ、わたしは眼もくれず以前にもまして狂気のやうに豚の群のなかにとびこんでいつたんだ。そしてわたしはわたしの体が鳥の羽毛のやうに非常に軽く思へ、もつと速力をだして馳ければ飛行機のやうにとびさることができるかもしれないんだとさへ考へてゐるんだ。卑俗だ卑俗なんだとなんべんもなんべんも叫びつゞけながら……。

逸見猶吉

牙のある肖像

chacun drapé dans sa fierté solitaire,—Lautréamont

嘗ての日、彼等こそ何事を経て来たであらうか。強烈の飲料をその傷口に燃やし、行方なく逆毛(さかげ)の野牛を放つては、薪のやうに苛薄の妄想をたち割つた彼等。こころに苦(にが)い移住を告げて、内側から凍りつく鰊のたぐひを啖ひ、日毎無頼の街衢(ちまた)から出はづれては歌もなく、鉄のやうな杳かの湾流がもたらす風の、靭々とした酔ひのひと時を怖れた彼等。到るところしどろな悪草の茎を嚙み、あらくれの蔦葛を満身に浴びて耕地から裸の台地へと。また深夜のど強(ぎつ)い落暉にうたれて、犁のたぐひを棄て去つた彼等。《雲と羅針とを嘲りわらふ、その曖昧の顔の冷たさ。》ひとたび扉口は手荒く閉ざされ、傾く展望はために天末線(スカイライン)を重油のやうに沈澱したのだ。佯(いつわ)りの花と糧秣はぶち撒かれ、床板に虚しく歯車の痕が錆びてゐる。

いま襤褸をづらし、十指を組み、ヂザニイの干乾らびた穂束に琥珀を添へ、純潔の死と親愛とを祈る彼等だ。野生の卓に水が流れる。

水が流れる。

一途に貪婪なる収穫の果がこれであらうか。

いよいよ下降する石畳から、壊された黒い楔(くさび)の扉口からだ。ざんざんと頽(なだ)れこむ躁擾から、それら卑小の歴史から虜はれの血肉をみづから引き剝して、己は三歳の嬰児だ。絶えまない不吉の稲妻と、髮もない亜麻の敷布に繋がれて、この無様(ぶざま)な揺籃の底に目覚めてゐることは誰が知らう。

ああ　最後の人の手から手へ、斑らな隈どりで残された記憶。あれは秋であつたらうか。《諸々の狭隘な傲りを押し破つた水。季節を逸(そ)れた水の氾濫！　兇なる星辰(ほし)の頽れだ》四肢を張り、頑強に口を閉ぢ、むざんに釘うたれたまま、ぎるんるんと渦巻く気圏に反(そ)りながら、冷酷な秋の封鎖のまつただ中を抛たれた、その記憶がま新(あたら)しい。己はどんな声をあげたらうか。凹凸に截られた石畳の隅で、彼等街衢から出はづれ台地を降る者の、塩を銜(ふく)むだ頤が獣のやうに緊るのを知つたのだ。その不可解の一瞥に、蒼褪めた北方路線がまざまざと牽かれるのを、己は視たのだ。

隙もれた裏屋根の、冴えた肋(あばら)に入り交ふものは、しらじらと西風に光る大刈鎌。はやくも鉤なりに、彼等の額に纏(まつは)る何ものの翳であらう。ひと時の寂寞。

蘆のよぶ声がする。その向ふを久しく忘られたまま、湾流に沿ふ屍の形。頸のぐるりを霙の兆(しら)せ。錘のやうに寂寞が見えてくるのだ。今こそ潤ひなき火に、密度の凄まじい地角の涯に、彼等ひとしく参加する時を待つてゐるのか。み知らぬ移住地に獣皮を焚き、轍を深める。己は餓え、さらに彼等は餓えるだらう。

Ⅱ

すべては荒蕪の流域につらなる裏屋根の、出窓の格子に仮泊する、夥しい鴉の群だ。海藻を絡んだ羽を搏つて、失はれた耕地の跡に、ばさばさと自らの影を追ひたてる鴉の群だ。その腥い印象から、なんとも知れぬ獣血のたぐひに濺がれて、しぜんに斃れてゆくものは、展望をしだいに埋めてゆく。唯ひとり、揺籃の底に艱(なや)むでゐる己の額に、やがては稲妻も十字を投げるだらうか。いま一筋荒々しく乗りこんでくる歌声を聴かう。愛憐もなく火に酔へる、三歳のつぶらな眼底に滲みては、たちまち水浸しの肺腑を侵してくるその歌声。ああ　己の身うちにがんがんする、無辺から撃つてくる非情の歌声。

枝を折り
すぎゆくものは羽搏けよ
暴戻の水をかすめて羽搏けよ
石をもつて喚(せま)び醒ます
異象の秘に薄るもの
獣を屠つて
ただ一撃の非情を生きよ
……………
きみの掌に
すぎゆくものは

沸々たる血を軋きたまへ
ふりかゝる兇なる光暉の羽搏きに
野生の枝を飾るもの
血肉を挙げ
あくまできみの非情を燃へよ
…………………………………

歌声は嗄れた。激しい裂目をみせてもう雲母（きらら）の冬。水退けの昏い耕地をずり落ちて、天末線の風も凄く、とほく矮樹林は箚青（いれずみ）のやうに擾れてゐる。ここに在るものは己の天才とその他。純潔の約定と飢餓とその他。ばらばらに黒い楔（くさび）の外（はづ）された、この残留の街衢の中で、彼等の笑ふやうに、その笑ひが己の面上に在ると思ふのか。強力な抵抗に撓められた鉄格子、また荒廃した扉口に吊られ、牙のある肖像こそおよそ愚劣の意匠をこらして、寒々しい光栄に曝されてゐる。これら牙のある肖像こそ彼等と己をめぐる、妄想の限りない露呈ではないのか。みよ、欣然と卓をたたいて空しい収穫のおもひに縊られる者。丹赭を塗つた欝屈の姦淫者。嗤ふべき取引。小学生らは石を投げて屋根の下に陥りこみ、青くざらざらした灰が四辺をたち罩める時、やうやく亜麻の敷布を拡げてゆく戦慄。

大刈鎌の刃先に漂ふ薄暮の白い眼差し。蘆のよぶ声のむかふを、湾流に沿ふて屍のまつたく忘られた形。下降する石畳にサイレンが鳴らされ、断続の後それも杜絶えた。彼等の苦（にが）い表情から、残忍な行為ばかりを読んだうへに、苛立つ矮樹林から、その声高な笑ひの中に、己ばかりは不逞な精神の射殺を聴くのだ。誰も彼も居なくなる。やがて霙がくるだらう。

この無様な揺籃の底に、天才を死に果てたとは誰が気付かう。出発の時が来たのか。己は再び引き剝す血肉に飢餓を鎧つて、ひと時の眠りを堕ちゆく身だ。

都路楔

前線

青空は歪んだまゝ塞がれてゐた。

すでにひかりの枯れ果てた曠原で、兵士たちは駱駝のやうに疲れてゐた。

眠らうにも風は冴え返へり、煙硝に拒まれ、土に咽せ、銃声はさむざむと背筋を衝いた。


驟雨はしつこい悪夢の溲でもあらう。

上衣を透し、シヤツを染め、肌膚に沁みた。

払ふにも掌は硬ばり、指は冷たく痙攣つてゐた。


闇のなかにのびてゐる白いレール。

とほく国境につゞく曲りくねつた路。

屍体に堆く河のやうにくろぐろと匍ふ山脈。


やがて、あたりは狭霧にせばまり、踏み躙まれた雑草はいつか無数の蛇となつてゐた。

行く手に蛇、振り返へれば蛇、蛇の眼は飢さにとげとげしく迫りもした。

岩本修蔵

千年このかた

君の上を飛行船が過ぎた。春は君を煙草のようにくゆらした。河に沿うて君は仰いだ。君はなやましくやわらかな器を見た。だから毎日損をした。そして根が生える。

僕があらゆる特殊的限定から超越しあらゆる特殊物を抱容したとき

春がくるといつも青い花をさがして日向に書物をさらしてゐる彼方で愛や原理や対立や肉体や法則や関係などが星の様にまたたいてゐたときも帆の上から僕を殺さうとしたのに海は雨の日をもてあそびながら煙草の影をはしつてゆく見知らぬひとを僕自身になぞらへて息つくひまもないのだつた

長尾辰夫

或日の沼

ある日
私はまだ消えやらぬ淡雪の中に立つて
こんこんと湧き出づる泉の音をきいてゐた
それはまるで腐水をたゝへたと思はれる沼の随所に
鳴りをひそめた生きものの蠢動する様を思はせた
奇想天外のひゞきがこもり初めてゐたのだ
ある夜半
私は沼底を蹴破つてとびたつ水鳥の
ごうごうと鳴りわたる音をきいたが
沼は一時に明るさを増し
澎湃として湧き出づる流れの中に
魚介は木の葉のやうに身を翻るがへしてゐた
私は思はず
図り知れぬ泥土の中に足を踏み入れてゐた
ふつくらとした水のぬくもりが五体に浸みわたつて
葭間には一羽の水鳥が昔日の面影を夢みるやうに浮いて
ゐた

ある朝

ある朝　再び
私はさはやかな竹林の岸に立つて
しゆんしゆんとはぢける木の芽の音をきいてゐた
沼は一ぱいに暖かい日が照りこんで
幾条も幾条も水煙がたちのぼり
それは恰も神通自在の想念に耽るかの如く穏かであつた
ぽつかりと浮び上つた泥亀の頭上に
ひらひらと山ざくらの花が散りしいて
沼の面は朝から
亀とさくらが太平楽を極めこんでゐた

巨木

沼の中央に
ぬつと生えた一本の巨木がある
はりつめた氷の上に直立する端麗な姿が
この界隈の山々を圧して立つた
四方に伸びひろがつた枝々には
見ごとな雪の球を凍らせて
身揺ぎもせず吹雪の中にそゝり立つ
この不敵な面だましいは大海の水をものみ干すだらう
隆々たる根幹は山のふところに伸びて
静かに氷解の日を待ちあぐんでゐる

解題

解題

鶴岡善久

フランスにおけるアンドレ・ブルトンの「超現実主義宣言」が出版されたのが一九二四年。その翌年の一九二五年（大正十四年）、当時の新しい文学雑誌「文芸耽美」にルイ・アラゴン、ポール・エリュアール、ブルトンらの訳文と上田敏雄、上田保、北園克衛らの作品が発表された。日本のモダニズム、あるいはシュルレアリスム詩運動の第一歩である。また二五年十一月にはイギリスから西脇順三郎がシュルレアリスムのフランスの文献などをたずさえ帰国。翌二六年から慶応義塾大学文学部の教授に就任する。学生には瀧口修造、佐藤朔らがいた。これを見てもかなり早い時期からフランスを中心とする新しい文学運動の影響が顕著であった。

一九二七年（昭和二年）十一月には雑誌「薔薇・魔術・学説」が創刊される。これには冨士原清一、上田敏雄、上田保、北園克衛、山田一彦らがモダニズムの詩を発表する。当時の詩人たちが詩についてどのように考えていたかについて北園克衛は「L'ÉVOLUTION SURRÉALISTE——日本に於けるシュルレアリストの歴史」（評論集『天の手袋』収録）に何人かの詩人の文章を引用している。

瀧口修造

私は、もし紙の上で、また一つの叙述の形式で詩に対する態度を表現しなければならぬとすれば、そして最少限の逆意をも防止することが必要であるならば、詩は私の生活の原理であると決意する。僕の火の形体としての詩は既に一般的思考の感覚から離れつゝあるといふことは、この物質的要素が僕には抗することのできない性質である理由による。この処行のなかで最早や詩といふ観念が分離してゐるならば、それは還元性の真理を示す外のものではない。再び詩は凡ゆる公式化を嘲笑しつゝ青い扉の鍵穴から冷い風と坐席を交換する。

冨士原清一

ポエジイへの態度はつねにポエジイへのクリテイシスムに於て始終する。そしてこのクリテイシスムの発展は具体物ポエムに依つて客観的に示される。エスプリ・クリテイツクの発展。物質の永遠の飢餓を反映せるエスプリの矢は人間の歴史を縫ふて光る。

上田敏雄

僕が詩に対する態度は自由であると言ふ事を許されない。恐らくは詩はそれを決定する事が可能であるに相違ないと言ふことだけは理解されると諸君が考へる事は正しいだらうが僕がそれを決定することは出来ない。僕は其の関係に於て全く自由ではない。僕は其の点では詩に依つて規定される。そして僕が此の点でも文学を軽蔑する自由を持つ事を諸君は正しいとして呉れ給へ。

山田一彦

人生。ではない。現実及び現実性に対する態度に対する客観的なるもの。

夢に気づいて夢をみてるとき眼をさましてるやつがうらやましい。眼をさましてゐるとき瞳孔を睜る。ためにいさゝか視度の正鵠を失して居る。大きくなる感。

これらの文章をみてもそれぞれの詩人が詩に熱い思いを抱いていたことがわかる。しかしそれぞれの詩に対する姿勢には大きなへだたりが存在していたことが明白である。一九二八年一月に刊行された同誌第二年一号（通巻三号）には別刷りでシュルレアリストとしてのマニフェストが挿入された。北園克衛によれば上田敏雄が起草し、英訳してパリのシュルレアリストたちにも発送されたという。

A NOTE DECEMBER 1927

吾々は *Surréalisme* に於ての芸術欲望の発達あるひは知覚能力の発達を謳歌した吾々に洗礼が来た　知覚の制限を受けずに知覚を通して材料を持ち来る技術を受けた吾々は摂理に依る *Poetic Operation* を人間から分離

せられた状態に於て組み立てる　此の状態は吾々に技術に似た無関心の感覚を覚えさせる　吾々は対象性の限界を規するの *Poetic Scientist* の状態に類似を感じる　吾々は憂鬱でもなく快活でもない　人間であることを必要としない人間の感覚は適度に厳格で冷静である　吾々は吾々の *Poetic Operation* を組み立てる際に吾々に適合した昂奮を感じる　吾々は *Surréalisme* を継続する

吾々は飽和の徳を讃美する。

Kitasono Katue Ueda Tosio Ueda Tamotu

この文章はいかにも上田敏雄らしい観念的な要素をふくむわかりにくいものだが、シュルレアリスムの、欲望や理性の制約を受けない発想への憧憬は充分に伝わってくる。この「薔薇・魔術・学説」は雑誌「列」から参加した冨士原清一が全四巻を通しての発行人であり創刊号には「列改題」と印刷され発行所も列社と印刷されている。

一九二七年（昭和二年）十二月には「Collection Surréaliste」の副題をつけた「馥郁タル火夫ヨ」が創刊される。第一詩集と表紙に印刷された雑誌風アンソロジーが出版されたのは一冊のみであった。これには西脇順三郎が「序文」を寄せ、他に三浦孝之助、佐藤朔、中村喜久夫、上田保、瀧口修造らが作品を発表している。この発行人も冨士原清一である。

一九二八年（昭和三年）十一月には「薔薇・魔術・学説」と「馥郁タル火夫ヨ」とのそれぞれのグループが合体するかたちで「衣裳の太陽」が創刊された。二誌の合体の橋渡しをしたのは上田敏雄であり誌名も上田敏雄が命名した。「Ciné」を創刊（一九二九年二月）した山中散生をのぞいて当時のアヴァンギャルド詩人たちのほとんどがこの「衣裳の太陽」に結集したのであった。作品も毎号充実しており、とくに瀧口修造は「仙人掌兄弟」、「クレオパトラの娘の悪事」、「花籠に充満せる人間の死」などのシュルレアリスム詩の代表作を次々に発表し、アラゴンやエリュアールの翻訳も発表している。第五号（一九二九年四月）からは表紙に「超現実主義機関雑誌」と印刷し全六冊を刊行した。しかし五号の表紙には「黄色いホテルと他のホテルの広告　そして女優の靴の下の雨の影　白い影　彼女は歌ふ」、六号の表紙には「誰にも読まれない程度を越えない雑誌としての退化的微笑の偉大なる正午」と印刷されて雑誌全体としてはモダニズム的傾向の強いものであった。第五号にはイヴァン・ゴルの「超現実主義の宣言書」を三浦孝之助が翻訳している。この雑誌も全冊発行人は冨士原清一であった。

一九三〇年（昭和五年）一月には同じく冨士原清一を編集発行人として「LE SURRÉALISM INTERNATIONAL」（全一冊）が刊行される。これには冨士原清一、上田保、上田敏雄、山田一彦らが作品を発表している。ここでは冨士原清一がモダニズムから脱してシュルレアリスムの詩（「apparition」）を書きはじめ、瀧口修造は代表作のひとつである「実験室における太陽氏への公開状（Ⅱ）」を発表している。これらいくつかのモダニズム系同人誌の存在を背景にして「詩と評論」が創刊されるのである。

「詩と詩論」創刊号は一九二八年（昭和三年）九月に厚生閣書店を発行元として刊行される。毎号二〇〇頁をこえ四〇〇頁近い号もある大冊の季刊文学雑誌である。創刊号には編集同人として安西冬衛、飯島正、上田敏雄、神原泰、北川冬彦、近藤東、滝口武士、竹中郁、外山卯三郎、春山行夫、三好達治の十一名の氏名が印刷されている。編集は主として厚生閣書店の編集部にいた春山行夫が当たった。創刊号の後記は無署名であるが、第二冊の（編集）「後記」の最後の部分には春山行夫の署名がある。その書き出しは「最後の一隅をかりて、厚生閣編輯部から」となっている。創刊号では、飯島正（ジュウル・ロマン）、三好達治（ヴェルレーヌ）、北川冬彦（マックス・ジャコブ）らの作家論をはじめとして神原泰（「未来派論」）、春山行夫（「日本近代象徴主義論」）らが評論を書き、中村喜久夫訳のアラゴンの「TEXT SURRÉALISTE」も掲載されている。詩は北川冬彦、上田敏雄、安西冬衛、滝口武士、近藤東、竹中郁、春山行夫、三好達治、吉田一穂の九名が発表している。二一四頁の大冊である。「後記」の冒頭は次のように書き出されている。

われ〳〵にとつて、何よりも大切なことは、われ〳〵のことはわれ〳〵自身が、これを為さねばならない、といふことである。われ〳〵の詩壇に対する凡て、その主張も批判も第一歩は、この点から出発しなければならない。

この冊子「詩と詩論」刊行の主要な目的は、われ〳〵が詩壇に対してかくあらねばならぬと信じるところの凡てのものを、実践するにある、のである。われ〳〵が、いまこゝに旧詩壇の無詩学的独裁を打破して、今日のポエジーを正当に示し得る機会を得たことは、何んといふ喜びであらう。

○

この「詩と詩論」の性質、内部の組織などについては、外的に示すべき必要は殆んどないが、一言のべて置きたいことは、この冊子は、われ〳〵十一人の同人よりなる結束的権威機関といふよりは、むしろわれ〳〵十一人の同人の支持よりなる一つの詩壇的な主導機関である、といふことである。

また「詩と詩論」第二冊の「後記」では次のような記述が見える。

われわれは、われわれの時代が持つポエジイによる詩壇を翹望する。そのために、われわれの批判は、まづ何よりも第一に日本の詩壇に於ける各種の詩人を、それぞれのポエジイのジャンルに於て整理するであらう。既に、この徴候は、心ある批評家によつては、正当に認められつつある。

われわれの現在の歩調は、或点、旧詩壇の批判、或は同時代への批判に於て、寧ろそのよい部分よりも、悪い部分に向けられすぎてゐるといふ感がないでもない。しかしながら、われわれは、詩壇に於ける基本的ジャンルを秩序づけ、その基本を指示した後に於ては、当然進むべき道を執るであらう。われわれの態度を、詩壇に於ける主観的、偏在的、党派的なるものと観る人々ありとすれば、今後の仕事に就て見れば瞭然たるものがあらう。

これらの文章には、それまでの既成の詩壇に対するきびしい批判の精神と新しい詩の世界を切り開こうとする熱い願望とが明白に表明されている。発表される各人の詩もさることながら、「詩と詩論」の果した役割のもうひとつの大きなものは、何といってもシュルレアリスムを中心とする海外の新しい詩の動向の紹介であった。二冊から十四冊までの主な海外の詩や詩人の紹介記事と日本の詩人による主要詩論を列挙しておく。

〈二冊〉
「ジャン・コクトオ」佐藤朔
〈三冊〉
「DADA 二つの宣言書」ブルトン、佐藤朔訳
「現実の貧困についての序論」ブルトン、春山行夫訳
「バンジヤマン・ペレ詩抄」竹中郁訳
〈四冊〉
「私の超現実主義」上田敏雄
「スタイル論（Ⅰ）」アラゴン、瀧口修造訳
「超現実主義宣言書（Ⅰ）」ブルトン、北川冬彦訳
「アルチュウル・ランボオ詩抄」山崎栄治訳

「世界現代詩人レヴイユ」（フランス、ベルギイ、イタリイ、スペイン、カタロニヤ、ポルトガル、メキシコ、ウルグアイ、コスタリカ、ニカラグア、チリ、ペルウ、アルゼンチン、ブラジル、アメリカ、イギリス、アイルランド、ドイツ、オランダ、スイス、スウエーデン、ノルウエー、デンマーク、ポーランド、白ロシヤ、小ロシヤ、チエコ・スロバキヤ、セルビア、ハンガリ、ブルガリア、フインランド、中国各国の現代詩人の紹介）
〈五冊〉
「ポエジイ論」春山行夫
「スタイル論（Ⅱ）」アラゴン、瀧口修造訳
「超現実主義宣言書（Ⅱ）」ブルトン、北川冬彦訳
「詩・地球創造説」瀧口修造
「ポオル・ヴアレリイの研究」吉村鉄太郎、佐藤正彰、飯島正、渡辺一夫、中島健蔵
〈六冊〉
「T・S・エリオツトについて」上田保
「超現実主義詩論の覚書」春山行夫
「近世神話への序文」アラゴン、瀧口修造訳

「アンドレ・ヂイドの研究」青柳瑞穂、秦一郎、飯島正、中島健蔵、神西清、渡辺一夫、府川恵造、花島克己
〈七冊〉
「「形而上学的詩人」について」西脇順三郎
「ポエジイに関するノオト」ブルトン、エリュアール、佐藤朔訳
「超現実主義第二宣言書（Ⅰ）」ブルトン、原研吉訳
「最近の前衛映画」飯島正
「詩・魔法書或は我が祖先の宇宙学」冨士原清一
〈八冊〉
「詩論序説」西脇順三郎
「日本超現実主義詩論」上田敏雄
「超現実主義第二宣言書（Ⅱ）」ブルトン、原研吉訳
「超現実主義とプロレタリヤ文学の関係」竹中久七
〈九冊〉
「二十世紀文学の一面」西脇順三郎
「深淵の前に」阿部知二
「文学における技術の方向」伊藤整
「非　主義超現実主義者達に与ふ」ブルトン、エリュアール、アラゴンら、冨士原清一訳
〈十冊〉
「詩と実在」瀧口修造
「室楽（Ⅰ）」ジェイムズ・ジョイス、左川ちか訳
〈十一冊〉
「言語とスタイルに関する覚書」T・E・ヒューム、安藤一郎訳
「シュルレアリスム第三宣言」ロベエル・デスノス、中村喜久夫訳
〈十二冊〉
「室楽（Ⅱ）」ジェイムズ・ジョイス、左川ちか訳
「阿片」ジャン・コクトオ、堀口大學訳
「ガアトルウド・スタインの詩の対位法」マルセル・ブリオン、山中散生訳
「心理小説」小林秀雄
〈十三冊〉
「思考の使用価値」西脇順三郎
「詩・絶対への接吻」瀧口修造

〈十四冊〉
「Ｔ・Ｓ・エリオットの主知的批評論」荒川龍彦
「人格と心の非連結性とに就て」オルダス・ハクスレー、堀大司訳
「Ｅ・Ｅ・カミングス詩抄」阿比留信訳

さらにつけ加えれば、「詩と詩論」第二冊には梶井基次郎が「桜の樹の下には」と「器楽的幻覚」の二篇を発表しているが、二篇とも「詩と詩論」の目次では詩として分類されている。梶井基次郎の小説が詩と深く関わっていることの証明でもあろう。

一九三〇年（昭和五年）六月、雑誌「詩・現実」が創刊される。これは「詩と詩論」の春山行夫らのフォルマリスム的傾向にあきたらなかった神原泰、飯島正、北川冬彦らが「詩と詩論」からわかれて、より現実重視を鮮明にして発行したものである（全五冊）。創刊号の編集者は一員の淀野隆三、発行所は武蔵野書院である。創刊号の「編輯後記」は次のようなものであった。

我々は現実に観なければならぬ。芸術のみが現実よりの遊離に於いて存在し得るといふのは、一つの幻想に過ぎない。現実に観よ、そして創造せよ。――これが、我々現代の芸術に関与する者のスローガンであらねばならない。

×

現実は、しからば如何にして把握されるか。この問題に就いての回答は、「詩・現実」の寄稿諸家が夫々それを示すであらう。だが、我々は、現実が歴史の把握なしに究明されようとは信じない。「詩・現実」は現代芸術の創造と批判を目的とするが、この意味に於いて我々は歴史を重視する。従つて、古典への反省・研究はここに重大なる役割を取る。

×

また、現代は一国の文化の独立を不可能にする。国文学は世界文学の一領域としてますますその意義を倍加する。世界文学への我々の不断の展望と検討とは愈閑却してはならない。

「詩・現実」の「詩」は所謂ポエムを意味しない。それ

は芸術といふ意味に解すべきだ。世界各国の文化芸術が一連の関係に立つと同様、我々の芸術の各部門は相互に相関関係に立つ。それら各部門のあらゆる文流と衝激、これが、我々の芸術各部門をして夫々益々独自の境地に向はしめる。

×

「詩・現実」はかゝる立場に立つて出発する。

この現実に立脚することによってはじめて真の芸術的創造がなされるという詩観はおそらくブルトンのシュルレアリスム第二宣言における現実への関わり方、あるいはマルクス主義への接近と深い関係があったはずである。神原泰は創刊号に「超現実主義の没落―日本に於ける超現実主義は何故かくもたわいなく没落したか?」を書いて上田敏雄、春山行夫、北園克衛、西脇順三郎らの名前をあげて「詩と詩論」の行き方をきびしく批判した。「一九三〇年の今日、日本に於ける超現実主義は完全に没落した」と書きはじめられる神原泰の批判は、西脇順三郎の「詩的表現のために、換言すれば、詩の目的としてつまらない現実を面白くするために破るのである」という文章に対して、「かくて『つまらない現実』と云ふ考え方、現実を逃避する人々の勿体振つた捨科白は、必然的に現実を軽視させ、嫌悪させ超現実主義は忽ちにして非現実主義或は反現実主義と誤釈されるに至つた」と論断する。この発想は「詩・現実」創刊号に北川冬彦、淀野隆三によって訳されたピエエル・ナヴィルの「文学とインテリゲンチヤ」という論考の次の部分と呼応しているように思われる。

従って超現実主義はその発生当時から、実際、この変位の、根底・影響・並びに社会的反映から抽象されたものであつた。現実との、ともすると弛緩し勝な関係を確保するための超現実主義の努力は、ただ間歇的にしかすぎず、そしてまた他方、その本来の傾向である所の全然「未知なるもの」には赴かないで、形而上学的観念即ち孤立した観念、即ち光は強いが勝手気儘に動く燈台の助けによつて、人々が明瞭に見分ける或る未知なるもののもとに赴くのである。

しかしながら、ブルジョア・インテリゲンチヤ、選ばれた思索家は、或る精神状態の深き恐怖を表はした。超現実主義が好む抽象的態度（問題の詩的方面は論外とする）のために、超現実主義がブルジョア・インテリゲンチヤに対して――逆説的に云へば云ふほど――自由に屹立してゐるやうに彼等には思はれたのである。そして自由（たとへ狭い範囲であるとしても）といふ複雑な感情によつて刺戟された態度は、インテリゲンチヤにとつてどんなに、一つの思想運動よりももつと罪のあるものと思はれたことか！（そこからブルジョア・インテリゲンチヤは直ちに社会基礎を洞察する！）

ナヴィルのこの主張はブルトンの「人間は提起し、そして処分する。日増に熾烈になつてゆくその欲望の徒党を無政府状態に置くのは人間にだけあることだ」というような言葉にならって、さらに政治的なウエイトをシュルレアリスムに課そうとする発想である。神原泰らが「詩と詩論」の傾向に対して抱いた不満はまさにこの辺の考え方にあることはまちがいない。神原泰は「超現実主義の没落」において次のように主張する。

超現実主義が、没落した一つの重大なる原因として、彼等が「如何なる階級或は如何なる層」をも、その文化をも代弁しなかつた事は、看過されてはならない。

彼等の色褪せたるたわ言が、前にも引用したフリーチェの言葉通りに無気力な頽廃階級に属する人々が、その低下した生活力に適応した芸術として生んだ事には、些の疑点もない。

然し此所に注意すべき事は、超現実主義者達は、自らの属する階級全体の為めに代弁し、或はその文化を表現しなかつた事である。

〔……〕

然し超現実主義者は徹頭徹尾個人主義である事を誇り、自らを一段と高い雲上に居ると考へる事によつて自らの階級をさへ軽侮し、果して自らが如何なる階級に属するかをさへ自覚しようとしなかつた。かくて、彼等は自らが属する階級からさへも孤立した。

その結果として生れたものは、日本に於ける超現実主義の没落が何故にかくも「たわいなかつたか」の真原因である所の「彼等が何等の支持階級を持たなかつた事」である。

この神原泰の「詩と詩論」批判に対して、春山行夫は「詩と詩論」第九冊（一九三〇年九月）誌上に「反動的超現実主義者の没落批判——神原泰は何故没落せねばならぬか」という十九ページもの長文の反論を発表した。この神原・春山論争は神原泰が一九三〇年四月号の「文芸レビュー」誌上に「シュウル・レアリスムは没落するか」という一文を発表し、春山行夫がこれに反発する一文を書き、さらに神原泰が「文芸レビュー」文芸講演会（日時不詳）で講演し、その内容をまとめたのが「詩・現実」の文章なのであった。春山行夫の反論は西脇順三郎の「超現実主義詩論」の擁護からはじまって、神原泰のシュルレアリスムを語る資格の欠落、北川冬彦のシュルレアリスム観を批判しない神原泰の論理的矛盾、また神原泰が超現実主義は没落したが「没落しない超現実主義」（おそらくブルトンの第二宣言等をふまえた現実重視の方向の……）も存在すると主張することのあいまいさの追求など神原泰の論考をひとつひとつ批判するのである。

超現実主義でもなく、現実主義でもない、神原泰氏の空想的な自然主義は、とどのつまり、つまらない、非現実主義、或は反現実主義に過ぎない。超現実主義には全然なつてゐないし、現実主義にも成り切れないところが、卑屈な会社員のアメ（有名な評言）の味なところであらう。

神原泰氏は三好十郎氏の批評に同感するとて次の評語を引用されてゐるが、一体氏の超現実主義も、同様にこの批評を受けるべきではあるまいか。

「超現実主義が、日本でどんな風に反訳されつつあるか、又は誤訳されつつあるか、それに続いて、**反動詩人**或ひは高踏詩人がどの程度迄巧妙に、その反訳又は誤訳された超現実主義の隠れミノを日本風に意匠して着こなしてゐるか、次にその事実がどんな社会的意義を持つてゐるか、」云々。即ち、神原泰氏こそ、「現実に対して日夜増大して行く関心」だとか、「精神の直接の関係」とか「時代の正しい方向」だとかを以て、他を批判しながら、御自身も同様、氏自身を反現実主義に規定しなければならないことこそ、十二分に反動的超現実主義の役割を、一人で独占してゐるわけではないか。

春山行夫は右のように結論づける。この両者の論争は当時のシュルレアリスムの理解の実態をよく物語っている。ただ論争は微妙にくいちがったままこれ以上に発展することはなかった。

「詩・現実」全五冊の目次からその主たるものを記録しておこう。

〈一冊〉
「作品・油」横光利一
「作品・失脚」千田光
「作品・愛撫」梶井基次郎
「超現実主義文学の位置」飯島正
「グランテカール断章」ジャン・コクトオ、堀辰雄訳

〈二冊〉
「作品・汗」北川冬彦
「作品・闇の絵巻」梶井基次郎
「作品・七才の詩人」小林秀雄
「夜が私に歌つて聞かせた……」フランシス・ジャム、三好達治訳
「シネ・ポエム試論」神原泰
「最近のジエイムズ・ジヨイス」永松定

〈三冊〉
「作品・冬の日」梶井基次郎
「作品・七つの世界」萩原恭次郎
「夢ならば！」丸山薫
「ユリシイズ」ジョイス、伊藤整・辻野久憲・永松定訳
「ロオトレアモン」フイリツプ・スウポウ、堀口大學訳
「アドニス」ポォル・ヴァレリ、中島健蔵・佐藤正彰訳

〈四冊〉
「作品・冬の蝿」梶井基次郎
「作品・似顔」高村光太郎
「作品・叙情詩七篇」萩原朔太郎

「プルウストについて」ピエル・アブラハム、井上究一郎訳
〈五冊〉
「作品・河」北川冬彦
「作品・春浅き日の死」萩原恭次郎
「作品・詩四篇」小野十三郎
「地の食物」アンドレ・ヂッド、山崎栄治訳
「セルゲイ・エセーニンに関する断片」伊藤信吉
「パブロ・ピカソ画集」より八点（挿絵として）

「詩と詩論」と同じく「詩・現実」もまた毎号三三〇頁〜三七〇頁にもおよぶ大冊であった。

一九三二年（昭和七年）三月、「文学」が創刊された。春山行夫編集。発行所は厚生閣書店であった。この雑誌も毎号四〇〇頁前後の大冊であった。春山行夫による創刊号の（編集）「後記」は次のように書きはじめられる。

＊《詩と詩論》をこの号から季刊《文学》とすることにした。《詩と詩論》は昭和三年九月の創刊にかゝり、後五年間に亘り一回の遅刊もなく、完全に十四冊四千六百頁、外に別冊《現代英文学評論》《年刊小説》の二冊を刊行した。この仕事が単にここに示した量的な努力以外にいかなる役割を果して来たかは、私がここにことさら述べるまでもないと思ふ。
＊かやうな、過去に於ける歴史的光栄をここに述べるには、我々はまだ若すぎると思ふ。否、今日に於て、我々はこれらの過去の光栄に甘やかされてはならないといふことを警戒する。五年の日子は、我々の年齢の歩みと同時に、我々をある程度の年功にまで引上げたことは確かだ。今日我々は我々よりより若いゼネレーションをすら持つてゐる。しかも我々の喜びにたへないことは、それらのゼネレーションと我々がともにあるといふことだ。この点は、我々の先輩が必ずしも我々とともにはないといふ事情と考へ合せて、今後の我々の行動がいかに力強い結合となり得るかを示してゐる。

この文章で明らかなように「文学」は従来の「詩と詩

論」の機能と内容とをほぼそのまま引き継ぐ雑誌として誕生したのである。この「後記」で春山行夫はそれまでの「詩と詩論」は「文学」と改題して発行し、それ以外に純粋に詩の雑誌として年刊の新しい「詩と詩論」を刊行したいといっている。新しい詩の書き手に活躍の場を与えようという意図があったと思われる。創刊された「文学」でも詩のページは存在するが、文学の理論的な面をイギリスやフランスの動向を分析するかたちで追求しようという傾向が強かったのである。

フランス文学の紹介のなかで目立つのはこの頃のヨーロッパの政治情勢と文学との関わりに関するものであった。「文学」創刊号にはバンジャマン・クレミュウの「文学の社会意識」（太田咲太郎訳）が訳載された。この論考は、バレス、ペギー、クローデル、プルーストなどを引きあいに一九一〇年代から三〇年代におけるフランスの文学と社会に対する考察を行ったものである。また同じく創刊号には佐藤朔が「戦争文学の問題」という文章を発表している。

> 昨年、フランスで〈戦後文学の終焉〉といふことが問題になつた。この問題を惹き起させたものは二つあつた。一つはバンジャマン・クレミュウが《不安と改造》Benjamin Crémieux : *Inquiétude et Reconstruction* で戦後文学の清算を試みたこと、もう一つは《カンディド》紙上でロベェル・ブラジラック Robert Brasillach が〈一九二〇年の文学時代はどうなるか〉といふアンケェトをなし、結局戦後文学の死を宣告したことである。
>
> 戦後文学とはクレミュウに依れば時代的には一九一八年から一九三〇年までの文学を指す。この時期（ペリオド）の文学は所謂〈不安の文学〉であつた。その特徴としては、普遍性の欠如、現実の拒否、自我の破産などが数へられる。作家としてはプルゥスト、ジィドが代表的であると看做され、ダダイスム、シュルレアリスムの運動がこの時期の〈新しい世紀病〉を最もよく現すものとされてゐる。

引用はその冒頭の部分だが佐藤朔もまたフランスにおける戦後文学の「不安」の問題に大きな関心を示したのである。この問題は「文学」から「詩法」、「新領土」へと継続されるその後の詩の流れのメインテーマのひとつとなるのである。「文学」における英米文学の紹介も盛んに行われるようになる。「文学」第二冊では「ジョイスの研究」の特集が組まれる。執筆者は、西脇順三郎、阿部知二、伊藤整、春山行夫、辻野久憲、中村喜久夫、荒川龍彦、永松定、安藤一郎ら十六名である。ほかにもハックスリー、T・E・ヒューム、フォクナァ、リード、ワイルドなどに関する考察にも多くのページをさいているのである。

「文学」第五冊には瀧口修造が「シュルレアリスムの動向」を発表している。この文章でも瀧口修造はフランスのシュルレアリスムと弁証法的唯物論の関わりを詳細に分析している。この文章の最後の部分は「超現実性（シュルレアリテ）という言葉はもはや観念上の詩学上の玩具ではなく、人間の意識・行為の重大な危機を指し示す進号標であることを暗示したいのである。」と結ばれる。この言葉には当時の瀧口修造のシュルレアリスムに関わりつつ危機意識を抱かざるをえない精神の状況が明白に表われているのである。「文学」に発表された瀧口修造の詩、「地上の星」（第一冊）、「岩石は笑つた」（第三冊）、「五月のスフィンクス」（第六冊）にはいずれにも当時の社会に対する危機意識が強く表われているのである。「文学」全六冊の目次から主な項目を列記しておく。

〈一冊〉
「詩・体操」村野四郎
「詩・幻の家」左川ちか
「詩・牙のある肖像」逸見猶吉
「新ロマンティスィズム」ハクスレイ、日野厳訳
「文学批評の対象」西脇順三郎
〈二冊〉
「詩・六月のスヴニイル」北園克衛
「戦後フランス文学の精神」アンドレ・ベルヂェ、阿比留信訳
「肉体の文学」古谷綱武
〈三冊〉
「詩・毒」安西冬衛
「マルセル・プルウスト」堀辰雄

「イカルス失墜」伊藤整
「エミリの薔薇」フォークナ、瀧口直太郎訳
〈四冊〉
「詩・睡眠期」左川ちか
「詩・無言の星」阪本越郎
「ロマン論」春山行夫
「T・S・エリオットと英国加特力主義」中野好夫
〈五冊〉
「詩・風俗」近藤東
「詩・晩課」竹中郁
「新しき精神の要望〈n・r・f〉のアンケート」山中散生訳
〈六冊〉
「詩・成立」冨士原清一
「詩・横断面」田中克己
「飛行機物語」稲垣足穂
「エズラ・パウンドの文学論」木下常太郎
「ランボオ」ジャック・リヴィエール、辻野久憲訳

「文学」第六冊（終刊号）の巻末には「〈詩と詩論〉・〈文学〉外国文学総目次総索引」が付され終刊を思わせるが、巻末の「最近の感想」という後記めいた文章には「次号の紹介」などの言葉が見え、この時点での終刊は考えられてはいなかったようだ。「文学」終刊のあと、「詩法」、「新領土」などの雑誌が創刊され新しい世代の文学活動が展開されるのである。

註・日本のシュルレアリスム運動（詩・絵画）の詳細については鶴岡善久の『日本超現実主義詩論』（思潮社）、『シュルレアリスムの発見』（湯川書房）、『夢の通路』（沖積舎）、『危機と飛翔』（沖積舎）を参照されたい。

詩人略歴

モダニズム詩集I　詩人略歴

西脇順三郎（にしわき・じゅんざぶろう）（1894–1982）新潟県北魚沼郡小千谷町（現・小千谷市）に生れる。一九二二年、慶応義塾留学生として渡英、ロンドンでエリオットの「荒地」やジョイスの「ユリシーズ」に接し、モダニズム文学の洗礼を受ける。二三年、オックスフォード大学入学。二四年、自作の英詩「A Kensington Idyll」が「ザ・チャップブック」誌にエリオットと並んで掲載される。二五年には英語詩集『Spectrum』をロンドンのケイム・プレスから自費出版し、反響があった。帰国後、慶応大学文学部教授に就任、英文学を講じる。当時の文科生でのちの詩人、学者たち、上田敏雄、佐藤朔、瀧口修造、上田保、三浦孝之助らとの交遊がはじまる。二七年、日本最初のシュルレアリスム雑誌「馥郁タル火夫ヨ」を刊行。「三田文学」「詩と詩論」「文学」などに寄稿、新詩運動（レスプリ・ヌーボー）の中心的存在として影響をあたえる。しかし、三五年から敗戦までのしだいに軍国主義に傾いていく暗い時代は詩筆をとることなく沈黙し、『古代文学序説』の執筆に没頭、西脇の最も豊な詩的展開は戦後を待たなければならない。詩集に『Ambarvalia』（一九三三）『旅人かへらず』（四七）『近代の寓話』（五三）『第三の神話』（五五）『失われた時』（六〇）『豊穣の女神』（六二）『壤歌』（六九）『人類』（七九）など多数。代表的な評論として『超現実主義詩論』（二九）『シュルレアリスム文学論』（三〇）『純粋な鶯』（三四）などがあり、『ヂオイス詩集』（三三）『荒地』（五二）『カンタベリ物語』（四九）『マラルメ詩集』（六九）ほかの翻訳。『西脇順三郎全集』全十巻（一九七一～七三、筑摩書房）がある。

瀧口修造（たきぐち・しゅうぞう）（1903–1979）富山県婦負郡寒江村大塚（現・富山市）に生れる。慶応大学で西脇順三郎の薫陶を受け、シュルレアリスムの運動を知る。小説家の永井龍男に誘われ「山繭」同人となり、詩を発表し始める。一九二五年、上田敏雄、北園克衛らと「衣裳の太陽」発刊。二九年、「Le Surréalisme International」を創刊するが一号で終刊。三十年、アンドレ・ブルトン『超現実主義と絵画』の翻訳を刊行。三二年、PCL映画に入社。三七年、詩画集『妖精の距離』を刊行。三八年、最初の評論集『近代芸術』を刊行。四一年、シュールレアリスムを主軸とする前衛的芸術活動を理由に検挙され八ヶ月間の拘留を受ける。戦前の詩を集めた『瀧口修造の詩的実験 1927~1937』は戦後の一九六七年に刊行された。戦後は日本アヴァンギャルド美術家クラブ結成に参加し、美術批評を執筆しながら、神田のタケミヤ画廊で新人の個展の企画組織、また武満徹らとの「実験工房」グループに深くかかわるなど、前衛芸術運動においてきわめて影響力の大きい仕事を残した。詩集に『余白に書く』(一九六六)『寸秒夢』(七五)。ミロとの詩画集『手づくり諺』(七〇)。評論集に『幻想画家論』(五九)『点』(六三)『シュルレアリスムのために』(六八)ほか。『コレクション瀧口修造』(みすず書房)。

北園克衛(きたぞの・かつえ)(1902–1978)

三重県度会郡四郷村に生れる。本名橋本健吉。一九一九年、中央大学経済学部に入学。生田春月の紹介で、「文芸倶楽部」に寄稿。二五年、ダダや未来派の影響を受けた前衛雑誌「GE・GJMGJGAM・PRRR・GJMGEM」(ゲエ・ギムギガム・プルルル・ギムゲム)の編集を第2号から引き受け、数人の詩人を加えて前衛詩誌としての書容を確立、二六年までに全十号を発刊した。二七年、冨士原清一の出資により「薔薇・魔術・学説」を創刊。二八年、西脇順三郎、瀧口修造らの「馥郁タル火夫ヨ」のグループと合流して「衣裳の太陽」の創刊同人となる。三一年、岩本修蔵と「白紙」を創刊。翌三二年「アルクイユのクラブ」機関誌として「MADAME BLANCHE」を創刊、一九三七年までに全十七冊を刊行する。三五年「VOU」編集創刊し、翌三六年からエズラ・パウンドと文通をはじめる。「VOU」は北園が死去する一九七八年に一六〇巻をもって終刊する。詩集に『白のアルバム』(一九二九)『若いコロニー』(三二)『夏の手紙』(三七)『サボテン島』(三八)『火の菫』(三九)『固い卵』(四一)『砂の鶯』(五一)『黒い火』(同)『眼鏡のなかの幽霊』(六五)『白い断片』(七三)ほか多数。評論集に『天の手袋』(三三)『黄色い楕円』(五三)がある。

春山行夫（はるやま・ゆきお）（1902–1994）

名古屋市に生れる。本名市橋渉。名古屋市立商業中退。一九二二年、同郷の佐藤一英らと「青騎士」創刊、高踏的なサンボリストの集団として注目される。二四年に上京し、ほとんど独学で英仏語をマスターする。二六年、近藤東らと詩誌「謝肉祭」を創刊。二八年、厚生閣書店に入社して季刊「詩と詩論」の創刊同人となる。翌二九年からは同人制を廃した「詩と詩論」の編集を一人で受け持つ。昼間の勤務時間は厚生閣の仕事、夜は「詩と詩論」の編集、校正、進行にあたった。また「現代の芸術と批評叢書」（厚生閣）として西脇順三郎の『超現実主義詩論』など二十数冊を刊行。みずからも『詩の研究』（一九三一）を著して、詩、文学、芸術にわたって大きな影響を与えた。二九年には「オルフェロン」誌上で新旧詩論の対立をめぐって萩原朔太郎と論争する。三四年、村野四郎、渡邊修三、阪本越郎と「詩法」を創刊。同年、第一書房に招かれ、三五年には「セルパン」の編集長になる。三七年、村野四郎、近藤東、上田保らと「新領土」を創刊し、モダニストの旗手として活動を続けた。詩集に『月の出る町』（一九二四）『植物の断面』（二九）『シルク&ミルク』（三二）『花花』（三五）『飾窓』（三九）ほか。評論に『ジョイス中心の文学運動』（三三）『文学評論』（三四）『現代世界文学概論』（四一）ほか。

棚夏針手（たなか・はりて）（1902–没年未詳）

東京生れ。本名田中真寿（しんじゅ）。順天堂大学中退。家業の質屋を継ぐかたわら、詩作を始め、「青騎士」「詩と音楽」「謝肉祭」「近代風景」などに関係。竹内隆二、井口蕉花、近藤東らと交遊があった。象徴主義の影響を受けて出発し、独自にシュルレアリスムの先駆的作品を残した。未刊詩集に『薔薇の幽霊』。

冨士原清一（ふじわら・せいいち）（1908–1944）

大阪府生れ。法政大学卒。上田敏雄、上田保、北園克衛、山田一彦らと超現実主義雑誌「薔薇・魔術・学説」を一九二七年に創刊、編集にあたる。二八年、自ら発行人をつとめた「馥郁タル火夫ヨ」と「薔薇・魔術・学説」のグループが合流するかたちで生まれた「衣裳の太陽」全六冊の発行者でもあった。著書に『ニューヘブリディーズ諸島』、訳書にヴァンサン・ダンディ『ヴェートーベン』がある。一九四四年に戦死。

三浦孝之助（みうら・こうのすけ）（1903-1964）
富山県生れ。慶応大学で西脇順三郎の教えを受ける。「馥郁タル火夫ヨ」に参加。イヴァン・ゴルの『シュールレアリズム宣言』を「衣裳の太陽」に本邦初訳して注目される。「詩と詩論」「文芸レビュー」に拠った。

北川冬彦（きたがわ・ふゆひこ）（1900-1990）
大津市生れ。本名田畔忠彦。父の満鉄勤務により渡満、少年期を満州で過ごす。一九二四年、安西冬衛とともに大連で詩誌「亜」創刊。短詩運動を提唱。二七年、キネマ旬報社に入り映画批評をてがける。二八年「詩と詩論」に参加。新散文詩運動を展開。三〇年「詩と詩論」を脱退して、神原泰、梶井基次郎、淀野隆三、三好達治らを誘い「詩・現実」を、仲町貞子、千田光と「時間」を創刊。三二年、神原泰、永瀬清子らと「麵麭」創刊。三五年、詩集『培養土』を編纂。四二年、陸軍報道班員としてマレー半島に派遣され、『決戦詩集』（四二）『国民詩集』（四三）に協力。詩集に『三半規管喪失』（一九二五）『検温器と花』（二六）『戦争』（二九）『いやらしい神』（三六）『実験室』（四一）ほか。

安西冬衛（あんざい・ふゆえ）（1898-1965）
奈良県生れ。本名安西勝。一九一九年、父の事業にともない自身も大連に移り、二三年、満鉄本社に入社。関節炎で右脚切断。二四年、北川冬彦と詩誌「亜」を創刊、鮮烈な一行詩「てふてふが一匹韃靼海峡を渡つて行つた。」（「春」）を書く。「亜」には滝口武士、三好達治、尾形亀之助も参加する。帰国後「詩と詩論」に散文詩を発表。春山行夫との路線対立から「詩と詩論」を脱退した北川冬彦から「詩・現実」への参加を要請されるが、「詩と詩論」に残る。「文学」終刊後は、「詩法」その他に詩を発表。詩集に『軍艦茉莉』（一九二九）『渇ける神』（三三）『亜細亜の鹹湖』（三三）『大学の留守』（四三）『座せる闘牛士』（四九）ほか、随筆集に『桜の実』（四六）などがある。

近藤東（こんどう・あずま）（1904-1988）
東京生れ。一九二六年、名古屋から上京した春山行夫と「謝肉祭」を創刊、北原白秋の「近代風景」に参加。二八年、明治大学を卒業して鉄道省に入職、同年「詩と詩論」の創刊に編集同人として参加、「ポエム・イン・シナリオ」（シネ・ポエム）という形式を最初に用いた詩を発表する。

三〇年「レエニンの月夜」が「改造」一〇〇号記念懸賞詩に一等入選（選・北原白秋）。三四年、春山行夫、村野四郎、渡邊修三、阪本越郎と「詩法」を創刊、編集に携わる。三七年、春山行夫、村野四郎、上田保、永田助太郎と「新領土」創刊。詩集に『抒情詩娘』（一九三二）『国際港の雨天』（三三）『万国旗』（四一）『紙の薔薇』（四四）『近藤東全詩集』（八七）ほか。

吉田一穂（よしだ・いっすい）（1898-1973）

北海道生れ。本名吉田由雄。早稲田大学文学部英文科中退。一九二〇年、帰省の折、聖トラピスト修道院に三木露風を訪ねる。福士幸次郎の「楽園」に同人として参加。「日本詩人」「詩聖」に作品を発表。北原白秋に認められ、白秋主幹の「近代風景」にも寄稿。一九二七年「羅甸区」を創刊。二八年「詩と詩論」同人となる。三二年、白秋、逸見猶吉、佐藤一英と「新詩論」を創刊。四〇年から四四年まで信生堂に絵本の編集者として勤めながら「白鳥」十五章の創作に没頭する。詩集に『海の聖母』（一九二六）『故園の書』（三〇）『稗子伝』（三六）『未来者』（四八）ほか。童話集『海の人形』（二九）『ぎんがのさかな』（四〇）ほか。

山田一彦（やまだ・かずひこ）（生没年未詳）

「衣裳の太陽」に参加。後年、瀧口修造は「自筆年譜」で「山田は当時異質のバイオレンスがあり注目していた」とその詩業を高く評価した。

滝口武士（たきぐち・たけし）（1904-1982）

大分県生れ。大分師範学校卒業後、教師として満州大連に赴任。一九二四年、安西冬衛、北川冬彦らの「亜」に第3号より加入、短詩運動や新散文詩運動を展開した。「詩と詩論」創刊同人。のちに北川冬彦らの「詩・現実」に参加。三三年、諸谷司馬夫と「蝸牛」を創刊。三九年に帰国、郷里で教員生活を送る。詩集に『園』（一九三三）『道』（八〇）ほか。九八年、大分武蔵町に滝口武士資料室が設けられた。

飯島正（いいじま・ただし）（1902-1996）

東京生れ。東京大学仏文科卒。在学時代から映画批評を書き始め、のち「キネマ旬報」同人となる。「青空」「詩と詩論」に詩や翻訳を発表し、ブレーズ・サンドラール、ジュール・ロマン、ピエール・ルヴェルディなどのフランス詩人を紹介した。北川冬彦らの「詩・現実」にも参加。訳書に『サンドラルス抄』(一九二九)ベルナール・ファイ『現代のフランス文学』(三〇)アンドレ・ジッド『ユリアンの旅』(三二)などがあり、大学の同期には伊吹武彦、渡辺一夫らがいた。戦前・戦後を通してフランス文学、映画の研究・紹介につとめ、『シネマのABC』(一九二八)『イタリア映画史』(五三)『日本映画史(上・下)』(五五)『ヌーヴェル・ヴァーグの映画大系』『前衛映画理論と前衛芸術』(七〇)など多数の著作がある。

竹中郁(たけなか・いく)(1904–1982)
神戸市生れ。本名育三郎。富裕な綿花問屋の子息として育つ。関西学院在学中の一九二四年、福原清、山村順と「羅針」創刊。二八年、親友の洋画家小磯良平と渡欧、パリを中心に二年間滞在。コクトーに会う。「巴里たより」を連載し、マン・レイの映画「海の星」などの新芸術を紹介した。三〇年に帰国し、帯仏中に書いたシネ・ポエムを「詩と詩論」に発表。その後「文学」「詩法」「新領土」に寄稿、また堀辰雄の誘いによって「四季」同人となる。四三年、大阪の湯川弘文社から「新詩叢書」のシリーズ(安西冬衛『大学の留守』、近藤東『紙の薔薇』など全十七冊)を立案し、自装により逐月刊行。詩集に『黄蜂と花粉』(一九二六)『枝の祭日』(二七)『象牙海岸』(三二)『署名』(三六)『動物磁気』(四八)『そのほか』(六八)などがある。戦後は児童詩誌「きりん」を創刊し、児童詩の育成に尽力した。「光の詩人」と呼ばれる。

横光利一(よこみつ・りいち)(1898–1947)
福島県北会津郡東山温泉で生れる。早稲田大学に籍をおくが神経衰弱による長期欠席により除籍となる。このころから佐藤一英、吉田一穂らとの交流がはじまる。一九二三年、菊池寛の紹介で「文藝春秋」の編集同人となり、「日輪」「蠅」を同時発表、一躍注目をあびる。二四年、川端康成らとともに「文芸時代」を創刊、「新感覚派」と呼ばれ、プロレタリア文学との対立路線をとる。二三年最初の長篇小説『上海』の連載を始める(二十七年まで)。二九年、堀辰雄らをまじえて「文学」を創刊。翌三〇年、『機械』を発表、人間を「見えざる機械」としての心理が動かし続けてやまないという、文学における心理主義の認識を確立した。三六年、新聞社の勧めによりベルリンのオリンピック観戦のため渡欧。翌年から未完に終った長篇小説『旅愁』

を敗戦まで書き継ぐ。

神原泰（かんばら・たい）（1898-1997）
東京生れ。石油業界に入り、世界石油会議日本国内事務局長をつとめた。一九一七年「新潮」に立体詩「疲労」「真昼」を発表し、二一年、マリネッティの「電気人間」を「人間」に訳出した日本での未来派の祖述者のひとり。「詩と詩論」にマリネッティの「未来派宣言」、「未来派研究」を紹介した。著書『未来派研究』（一九二五）。三〇年、春山行夫らとの路線対立から「詩と詩論」を離れ、北川冬彦と「詩・現実」を創刊。「シネ・ポエム詩論」などを発表した。

阪本越郎（さかもと・えつろう）（1906-1969）
福井市生れ。永井荷風の従兄弟、高見順の異母兄。山形高校で同窓の亀井勝一郎、神保光太郎と親交をむすび、同人誌「橇音」を発刊。東京帝大農学科に入学し、心理学科に転科して卒業。一九二五年、「日本詩人」の新詩人号に百田宗治選で入選し、詩壇にデビュー。二六年、百田宗治の「椎の木」創刊に伊藤整、丸山薫らとともに同人として加わる。また百田を通じて萩原朔太郎、室生犀星をしる。三四年、三好達治らの「四季」、春山行夫らの「詩法」に作品を寄稿。詩集に『雲の衣裳』（一九三一）『貝殻の墓』（三三）『暮春詩集』（三四）『果樹園』（四〇）ほか、評論に『北村透谷』『新詩夜話』（四〇）『詩について』（四二）などがある。

丸山薫（まるやま・かおる）（1899-1974）
大分県生れ。海に憧れ東京高等商船学校に入学するが、病気のため中退し、第三高等学校に入学。桑原武夫、三好達治らと同級。東京大学に進む。「新思潮」「椎の木」同人。一九三四年、堀辰雄、三好達治と「四季」を創刊する。四一年四季同人を中心とする詩選集『四季詩集』を編集。詩集に『帆・ランプ・鷗』（一九三二）『鶴の葬式』（三五）『一日集』（三六）『物象詩集』（四一）『涙した神』（四二）『仙境』（四八）『連れさられた海』（六二）『月渡る』（七二）などがある。「海の詩人」と呼ばれる。

上田敏雄（うえだ・としお）（1900-1982）
山口県生れ。慶応大学英文科に進み、西脇順三郎の影響を受ける。一九二五年、萩原朔太郎により「日本詩人」に推薦されて詩壇に登場。「三田文芸陣」を創刊。ネオ・ダダイストとして「辻馬車」「文芸耽美」「文芸時代」に寄稿。北園克衛らの「薔薇・魔術・学説」に参加し、二八年、同誌に日本における最初のシュルレアリスム宣言を上田保、北園克衛との共同執筆で発表。「衣裳の太陽」「Le Surréalisme International」「詩と詩論」「文学」の中心的存在として活躍し、超現実的詩篇、評論、翻訳を発表した。詩集に『仮説の運動』(一九二九)。

竹内隆二(たけうち・りゅうじ)(1900–1982)
神奈川県藤沢市生れ。北原白秋の「詩と音楽」「近代風景」、「詩と詩論」に寄稿、村野四郎の「旗魚」同人。

三好達治(みよし・たつじ)(1900–1964)
大阪市生れ。幼時、京都府舞鶴の佐谷家に養子となったが、長男のであったため籍を移すことができず、実家に戻る。大阪陸軍幼年学校から陸軍士官学校に進み、中退して第三高等学校、東大仏文に学ぶ。梶井基次郎の「青空」、百田宗治の「椎の木」、安西冬衛の「亜」に参加。一九二八年、「詩と詩論」創刊同人となる。一九三〇年、北川冬彦の「時間」同人。三四年、堀辰雄、丸山薫、立原道造らと「四季」を創刊する。また「詩集『氷島』に就て」を発表し、師と仰ぐ萩原朔太郎との間に論争が起る。三八年、「文学界」編集同人、宇野千代発行の「文体」を編集刊行する。詩集に『測量船』(一九三〇)『春の岬』(三九)『一点鐘』(四一)『捷報いたる』(四二)『花筐』(四四)『駱駝の瘤にまたがつて』(五二)ほか。評論に『萩原朔太郎』(六三)。訳詩にボードレール『巴里の憂鬱』(二八)、フランシス・ジャム『夜の歌』(三六)ほかがある。

上田保(うえだ・たもつ)(1906–1973)
山口県生れ。上田敏雄の実弟。慶応大学英文科卒。北園克衛らと「文芸耽美」に参加。「馥郁タル火夫ヨ」、「薔薇・魔術・学説」「詩と詩論」「詩法」「新領土」などの雑誌に関係。アラゴンやエリュアールの翻訳もしたが、主としてエリオット、リード、オーデン、スペンダーらニュー・カントリー派の詩と思想を紹介。著書に『概説世界文学』(五〇)『現代ヨーロッパ文学の系譜』(五七)、訳書に『エリオット詩集』(五四)エズラ・パウンド『世界文学の読み方』（五三）。

千田光（せんだ・ひかる）（1908–1935）
東京生れ。北川冬彦のいたキネマ旬報編集部に勤務。一九三〇年創刊の第一次「時間」同人。「詩と詩論」による新散文詩運動の影響下、「詩神」「詩・現実」に夢幻的な散文詩を十篇足らず書いて夭折した。千田光の詩については岩成達也に優れた論考（「詩的作品の根について」『現代詩文庫・岩成達也詩集』所収）がある。

渡邊修三（わたなべ・しゅうぞう）（1903–1978）
宮崎県延岡市生れ。早稲田大学英文科中退。在学中、寺崎浩、火野葦平らと「街」を出す。その後、佐藤惣之助の「詩之家」同人となる。一九二九年、竹中久七らと「リアン」を創刊、「世界の若き詩人に述べる手」と題するマニフェストを発表する。「兄弟がみな夭折したので自分が故郷に帰り山林や農場の仕事をしながら」詩を書きつづけた。詩集に『エスタの町』（一九二八）『ペリカン嶋』（三三）『農場』（三七）『谷間の人』（六〇）ほか。

左川ちか（さかわ・ちか）（1911–1936）
北海道余市町生れ。本名川崎愛。小樽高女卒。兄は伊藤整と小樽で詩誌を出していた川崎昇（のち「文芸レビュー」創刊）。百田宗治の「椎の木」、北園克衛の「マダム・ブランシュ」に参加。「詩と詩論」「文学」などに、詩やジェイムズ・ジョイスの詩の翻訳（「室楽」）を発表した。モダニズムの代表的女性詩人として嘱望されたが早世。没後「椎の木」が「左川ちか追悼号」を刊行、全頁を遺稿と萩原朔太郎、堀口大學らの追悼文で埋める。また全作品約八十篇を収めた『左川ちか詩集』が昭森社より刊行された。

児玉実用（こだま・さねちか）（1905–1993）
大阪府枚方町生れ。一九三〇年、同志社大学文学部英文科卒業。北川冬彦主宰の「時間」に参加。「詩・現実」に寄稿。同志社大学教授に就任し、主に英詩を講ずる。訳詩集に『歓喜の幻　ワーズワース詩集』（一九五〇）、詩集に『さまよう星』（五四）。

丸井栄雄（生没年未詳）
生没年その他のこと未詳。

沖利一（生没年未詳）
生没年その他のこと未詳。

逸見猶吉（へんみ・ゆうきち）（1907–1946）
栃木県生れ。本名大野四郎。早稲田大学政経学部卒。伊藤信吉篇『学校詩集』に連作「ウルトラマリン」を一括発表して詩人として出発。「詩神」「詩と詩論」などに詩、評論を発表。一九三二年、吉田一穂、岡崎清一郎、菱山修三らとともに「新詩論」創刊。三五年、草野心平と「歴程」創刊。三七年、日蘇通信社新京駐在員となり満州に渡る。在満中に『難民詩集』を企画したがならず、肺結核のため新京の自宅で没した。

都路楔（生没年未詳）
生没年その他のこと未詳。

岩本修蔵（いわもと・しゅうぞう）（1908–1979）
三重県宇治山田市生れ。東洋大学卒。一九三一年、北園克衛と「白紙」を創刊。つづいて「MADAME BLANCHE」「VOU」などにシュルレアリスム系の詩を発表する。三九年から四七年まで満州とソ連で過ごし、帰国後セナクル・ド・パンポエジイを主宰して機関誌「PAN-POESIE」を編集した。詩集に『青の秘密』（一九三三）『喪くした真珠』（三三）『不眠の午後』（三五）『海の中に』（四〇）『マホルカ』（六三）などがある。

長尾辰夫（ながお・たつお）（1904–1970）
宮崎県生まれ。早稲田大学卒業後、東京、静岡で小中学校に勤め、四二年満州吉林中学校に赴任。四五年七月現地召集。八月終戦とともにシベリア抑留。四八年帰国。北川冬彦の「麺麭」「昆崙」「時間」同人。詩集に『シベリア詩集』ほか。

掲載紙誌・収録詩集一覧

西脇順三郎

序文（馥郁タル火夫　原型）「馥郁タル火夫ヨ」一号　一九二七年十二月

トリトンの噴水（アポロンと語る）「詩と詩論」第四冊　一九二九年六月

トリトンの噴水（断片）「詩と詩論」第五冊　一九二九年九月

瀧口修造

ÉTAMINES NARRATIVES「山繭」二十二号　一九二七年

amphibia「馥郁タル火夫ヨ」一号　一九二七年十二月

地球創造説「山繭」三十四号　一九二八年十一月

花籠に充満せる人間の死「衣裳の太陽」四号　一九二九年二月

MIROIR DE MIROIR　鏡の鏡「衣裳の太陽」六号　一九二九年七月

絶対への接吻「詩と詩論」第十三冊　一九三一年九月

地上の星「文学」第一冊　一九三二年三月

岩石は笑った「文学」第三冊　一九三二年九月

遮られない休息『妖精の距離』一九三七年十月

睡魔『妖精の距離』一九三七年十月

妖精の距離『妖精の距離』一九三七年十月

北園克衛

水晶質の客観「詩と詩論」第五冊　一九二九年九月

LA SOURCE「衣裳の太陽」五号　一九二九年四月

LA VANNE「衣裳の太陽」五号　一九二九年四月

春山行夫

ALBUM（白い少女）『植物の断面』一九二九年七月

ALBUM（澱んだ運河）『植物の断面』一九二九年七月

Georgica「詩と詩論」第六冊　一九二九年十二月

POESIE「詩と詩論」第九冊　一九三〇年九月

麦稈の籠「詩と詩論」第十四冊　一九三一年十二月

棚夏針手

燃上る彼女の踊り「青騎士」六号　一九二三年三月

谿「青騎士」八号　一九二三年五月
抜錨の氾濫「君と僕」五号　一九二三年八月
膣香水「指紋」一号　一九二四年十月
鏡と蠟燭の間隔「謝肉祭」二号　一九二六年三月

冨士原清一
めらんこりつく「近代風景」六月号　一九二七年六月
CAPRICCIO「薔薇・魔術・学説」十一月号　一九二七年十一月
稀な薄窓「薔薇・魔術・学説」第二年一号　一九二八年一月
apparition「LE SURRÉALISME INTERNATIONAL」第一集　一九三〇年一月
魔法書或は我が祖先の宇宙学「詩と詩論」第七冊　一九三〇年三月
成立「文学」第六冊　一九三三年六月
襤褸「苑」一号　一九三四年一月
襤褸「苑」二号　一九三四年四月
襤褸「詩法」四号　一九三四年十一月
襤褸「詩学」八号　一九三五年十二月

三浦孝之助
憂鬱への花崗岩「衣裳の太陽」一号　一九二八年十一月
緑色の悲劇「馥郁タル火夫ヨ」一号　一九二七年十二月
INFINI DEFINI「衣裳の太陽」六号　一九二九年七月
想像のアキンボ「LE SURRÉALISME INTERNATIONAL」第一集　一九三〇年一月

北川冬彦
空腹について「詩と詩論」第一冊　一九二八年九月
絶望の歌「詩と詩論」第一冊　一九二八年九月
萎びた筒「詩と詩論」第一冊　一九二八年九月
光について「詩と詩論」第二冊　一九二八年十二月
花「詩と詩論」第二冊　一九二八年十二月
戦争「詩と詩論」第三冊　一九二九年三月
埋葬「詩と詩論」第六冊　一九二九年十二月
大軍叱咤「詩と詩論」第六冊　一九二九年十二月
シネ・ポエム「詩と詩論」第七冊　一九三〇年四月
汗「詩・現実」二号　一九三〇年九月

安西冬衛

再び誕生日　「詩と詩論」第一冊　一九二八年九月
河口　「詩と詩論」第二冊　一九二八年十二月
勲章　「詩と詩論」第二冊　一九二八年十二月
沼べり　「詩と詩論」第六冊　一九二九年十二月
堕ちた蝶　「詩と詩論」第七冊　一九三〇年三月

近藤東

豹　「詩と詩論」第一冊　一九二八年九月
レエニンの月夜　「詩と詩論」第三冊　一九二九年三月
月蝕　「詩と詩論」第七冊　一九三〇年三月

吉田一穂

故園の書　「詩と詩論」第一冊　一九二八年九月
火　「詩と詩論」第六冊　一九二九年十二月
内部　「詩と詩論」第六冊　一九二九年十二月

山田一彦

天国への通路　「衣裳の太陽」四号　一九二九年二月
UNE VOIX ETERNELLE　「衣裳の太陽」六号　一九二九年六月
REVOLUTION あるひは転形期感想　「LE SURRÉALISME INTERNATIONAL」第一集　一九三〇年一月

滝口武士

水　「詩と詩論」第三冊　一九二九年三月
青空　「詩と詩論」第三冊　一九二九年三月
一羽の鳥　「詩と詩論」第三冊　一九二九年三月
森　「詩と詩論」第四冊　一九二九年六月
塔　「詩と詩論」第四冊　一九二九年六月
窓　「詩と詩論」第四冊　一九二九年六月

飯島正

楽器　「詩と詩論」第三冊　一九二九年三月
シネマ　「詩と詩論」第三冊　一九二九年三月
宗教　「詩と詩論」第三冊　一九二九年三月
煙突　「詩と詩論」第三冊　一九二九年三月

竹中郁
「土のパイプ」抄 「詩と詩論」第四冊 一九二九年六月
百貨店 「詩と詩論」第四冊 一九二九年六月
雨後 「詩と詩論」第五冊 一九二九年九月
ラグビイ 「詩と詩論」第六冊 一九二九年十二月

横光利一
善について 「詩と詩論」第四冊 一九二九年六月
油 「詩・現実」一号 一九三〇年六月

神原泰
無機体の生育 「詩と詩論」第四冊 一九二九年六月
憂欝 「ブーケ」一九二九年八月号
死の歌 「麵麭」四号 一九三三年四月

阪本越郎
風景 「詩と詩論」第五冊 一九二九年九月
一九二八年或ひは無害な懺悔 「詩と詩論」第五冊 一九二九年九月

年輪 「詩と詩論」第五冊 一九二九年九月
戦闘 「詩と詩論」第七冊 一九三〇年三月
Milky-way 「詩と詩論」第七冊 一九三〇年三月
死の店開き 「詩と詩論」第九冊 一九三〇年九月

丸山薫
海 「詩と詩論」第五冊 一九二九年九月
影 「詩と詩論」第五冊 一九二九年九月
公園 「詩・現実」五号 一九三一年六月
路 「詩・現実」五号 一九三一年六月

上田敏雄
Songe du Rêve 「詩と詩論」第五冊 一九二九年九月
Oeuvre Surréaliste 「詩と詩論」第九冊 一九三〇年九月
OEUVRE SURRÉALISTE 「詩神」第七巻一号 一九三一年一月

竹内隆二
白い海 「詩と詩論」第六冊 一九二九年十二月
故郷でのわが断片 「詩と詩論」第九冊 一九三〇年九月

三好達治

鴉　「詩と詩論」第六冊　一九二九年十二月

獅子　「詩・現実」一号　一九三〇年六月

上田保

夢に連る皇子の精　「LE SURRÉALISME INTERNATIONAL」第一集　一九三〇年一月

千田光

夜　「映画往来」五十七号　一九二九年十一月

赤氷　「詩神」第六巻四号　一九三〇年四月

肉薄　「時間」一号　一九三〇年四月

失脚　「詩・現実」一号　一九三〇年六月

失脚　「時間」二号　一九三〇年五月

発作　「詩・現実」一号　一九三〇年六月

足　「詩・現実」二号　一九三〇年九月

海　「詩・現実」二号　一九三〇年九月

誘ひ　「作品」六号　一九三〇年十月

善戦　「時間」十号　一九三一年四月

死岩（デッドロック）　「麺麭」一号　一九三二年　十一月

渡邊修三

河　「詩と詩論」第七冊　一九三〇年三月

掟　「詩と詩論」第七冊　一九三〇年三月

戦禍　「詩と詩論」第七冊　一九三〇年三月

LEAFAGE　「詩と詩論」第八冊　一九三〇年六月

左川ちか

昆虫　「ヴァリエテ」一号　一九三〇年八月

青い馬　「白紙」十号　一九三〇年八月

朝のパン　「文芸レビュー」第二巻九号　一九三〇年十月

錆びたナイフ　「詩と詩論」第十二冊　一九三一年六月

緑の焔　「新形式」三号　一九三一年六月

死の髯　「文学」第一冊　一九三二年三月

幻の家　「文学」第一冊　一九三二年三月

眠つてゐる　「文藝汎論」第二巻十二号　一九三二年十二月

海泡石　初出不明

The street fair　「椎の木」第一年十号　一九三二年十月

児玉実用
解氷「詩・現実」四号　一九三一年三月
丸井栄雄
ぴりあど「今日の詩」一九三二年二月
沖利一
背馳「今日の詩」一九三二年二月
逸見猶吉
牙のある肖像「文学」第一冊　一九三二年三月
都路楔
前線「レスプリ・ヌウボオ」二号　一九三四年十二月
岩本修蔵
千年このかた「詩学」九号　一九三六年二月
僕があらゆる特殊的限定から超越しあらゆる特殊物を抱容したとき「詩学」九号　一九三六年二月

長尾辰夫
或日の沼「培養土」一九四一年二月号
ある朝「培養土」一九四一年二月号
巨木「培養土」一九四一年二月号

モダニズム詩集I　現代詩文庫・特集版3

著者　西脇順三郎他
編者　鶴岡善久
発行者　小田啓之
発行所　株式会社思潮社
〒162―0842　東京都新宿区市谷砂土原町三―十五
電話〇三(三二六七)八一五三(営業)八一四一(編集)
FAX〇三(三二六七)八一四二　振替東京〇〇一八〇―四―八一二一
印刷所　凸版印刷株式会社
製本所　誠製本株式会社
用紙　三菱製紙株式会社
発行日　二〇〇三年五月二十日